UN COLLECTIONNEUR ALLEMAND, Mercure de France, 2017

UN TABLEAU NEIGEUX

Manuel Benguigui

UN TABLEAU
NEIGEUX

ROMAN

MERCVRE DE FRANCE

Car les hommes ne diffèrent, et même n'existent,
que par leurs œuvres.

CLAUDE LÉVI-STRAUSS, in *L'Homme nu*

1

C'est tout blanc. Comme une toile sur laquelle vient d'être passé l'apprêt, cette première couche qui servira de fond. Au premier abord, on ne distingue rien. Rien n'est encore peint, et peut-être jamais ne le sera. Le monde, ou plutôt son absence, réduit à deux dimensions. Sauf que ce blanc infini et parfait est troublé, perturbé par de petites formes progressant sur une crête rocheuse, crête qu'on imagine parce qu'on imagine mal les petites formes évoluer dans le vide, suspendues au milieu de rien. La neige, car c'est forcément de la neige tout ce blanc, la neige recouvre tout, couleurs et reliefs sont confondus, à l'exception de ces petites formes, qui s'identifient comme une chaîne d'hommes marchant les uns derrière les autres. De loin, ils sont tout noirs. Ils sont tellement petits, de loin, qu'on dirait qu'ils ne progressent pas, qu'ils ont gelé sur place peut-être. Il faut plisser les yeux, faire preuve de patience pour les voir se mouvoir, lentement. Des formes plus grosses les accompagnent, intercalées entre eux, rompant la régularité de la file — on dirait des éléphants, tout aussi noirs dans tout ce blanc. Il doit faire froid là-haut. C'est sûrement très haut, quoiqu'on ne distingue pas les cimes, étant donné que c'est tout blanc. Tant de neige, c'est sûrement très haut.

Cette image de tableau blanc pas tout à fait blanc vient à Edwin alors qu'il ne connaît rien à la peinture et se tient devant une interminable baie vitrée à l'étage sommital d'un gratte-ciel flambant neuf, tout de verre et d'acier constitué. Elle a été suscitée, appelée à lui par la vision qu'il a de la ville à l'altitude où il observe celle-ci. En cette heure matinale, Manchester est encore enveloppé dans une épaisse et vaste purée de pois blanche, le ciel ne se distingue quasiment pas. Edwin se demande soudain ce qu'il fait là. Il le sait ; il a accepté l'invitation d'Edgar. En fait, plus précisément, il se demande pourquoi diable il est venu. Et surtout ce qu'il va bien pouvoir faire ici, dans un appartement de grand standing, avec un tableau neigeux inconnu à présent logé à l'intérieur de son cerveau.

2

La semaine dernière encore, personne n'aurait rien vu venir. Depuis sept ans, Edwin descendait chaque matin à son lieu de travail, un petit musée municipal où il assurait la vente de billets à la caisse ainsi que la garde des salles. Voilà, deux entrées. Merci de ne pas toucher les objets. Non, les photos ne sont pas autorisées, il y a des cartes postales si vous voulez. Il s'était absorbé dans cette activité ne requérant qu'une concentration sommaire à la suite d'une déconvenue, ou plutôt deux. Sept ans plus tôt, Emma, sur un ton très calme, l'avait rayé de sa vie. C'était fini, elle s'en allait. À la première occasion le lendemain, Edwin avait copieusement insulté son employeur d'alors, qui l'avait licencié, sur un ton aussi calme que celui d'Emma. La première déconvenue avait probablement induit la seconde. De cadre supérieur installé dans un joli pavillon bleu avec une jolie femme brune et une Twingo vert pomme — Emma adorait le vert pomme —, il s'était retrouvé chômeur survivant dans un studio terne aux murs nus. De la décoration joyeuse de leur maison, des photos encadrées de leurs proches, de l'affiche des *Tournesols* de Van Gogh, du meuble vintage poncé et repeint ensemble avec amour, de tout cela ne lui restait rien. Emma n'avait pas tout récupéré pour autant. Pour finir de se saborder, Edwin avait mis le feu au pavillon, portail en bois compris. D'un coup, il avait eu envie de tout brûler, absolument tout. Crise de nerfs caractérisée, dépression nerveuse diagnostiquée, état apathique constaté entraînant une période hospitalière assez longue au terme de laquelle un organisme de réinsertion lui avait trouvé ce poste au musée de la Chasse de Migaud-sur-Marne. La bourgade, son emploi et le logement juste au-dessus étaient calmes, parfaits pour le patient en conva-lescence, du moins en état stationnaire. Du silence, un cadre rassérénant et une moyenne de cinq visiteurs par jour, le double en fin de semaine. Depuis son accès de pyromanie, Edwin ne montrait plus le moindre entrain à rien. Il n'avait jamais consommé de drogue, juste une ou deux soirées arrosées par an, réveillon compris, malgré quoi il laissait à penser que quelques pans de son cerveau étaient partis en fumée avec le pavillon. De drogue point, si l'on excepte toutefois les médicaments, qui l'abrutissaient ce qu'il fallait pour éviter tout risque de débordement. Il avait mis du temps à se remettre. Peu stimulées, ses pensées s'étaient longtemps déplacées en bancs de limaces. Si bien que personne, ni M. le maire ni le médecin de la commune, qui passaient de temps à autre au musée sous prétexte de se délecter de ce fleuron du patrimoine local, n'avaient remarqué quelque embellie de son état psychique général. Alors qu'en fait, Edwin s'était réveillé. Pas tout de suite, pas de façon violente, pas à en brûler ce musée qu'il en était venu à détester, mais douce, contrôlée presque. Il était peut-être simplement temps d'aller voir ailleurs s'il y était. De sa vie d'avant, d'avant la rupture, Edwin a retrouvé une certaine vivacité, toute passagère cependant, éruptive et éphémère, agrégée à son mode de fonctionnement d'après, depuis. Il vit des sursauts d'ardeur, d'impatience, où le besoin de sentir le monde bouger avec lui est impérieux, petites tempêtes *a priori* bénignes sur une mer d'atonie si longuement imposée par son traitement qu'il s'en est imbibé. Alors qu'un médecin apte le jugerait pleinement guéri, une excitation trop grande constitue menace à ses yeux. Elle pourrait ranimer des élans pyrétiques néfastes dont il a souvenir et vaguement peur. En Edwin chargé d'ennui oscillent parfois de fortes lames de fébrilité.

3

L'ami Edgar est photographe. Il aimerait bien faire une œuvre, au lieu de quoi il vit très bien de clichés d'intérieurs chics essentiellement commandés par un magazine de design et décoration, mensuel sur papier glacé en cinq éditions, cantonaise pour la dernière en date. Edgar documente l'évolution des goûts des riches et puissants de la planète. Il n'est pas mortifié que le monde se passe du génie artistique qui sommeille en lui, son ambition n'est pas vorace et il se contente de ce maigre appétit en prenant ici ou là des instantanés insolites. La seule œuvre véritable qu'il mettrait à son actif est son appartement, qu'il aménage tel un décor absolument figé.

Edgar est la seule personne ayant pris la peine de rendre visite à Edwin, à l'hôpital d'abord, puis en son studio comme en son musée, comment ça va en ce moment, tu es sûr que tu ne veux pas venir passer quelques jours à Paris, bon, à la prochaine alors. La dernière fois, la semaine dernière, Edwin a demandé si ça tenait toujours, pour

Paris. Edgar a dit que non, que ce week-end, il l'emmenait à Manchester, un shooting prévu dans un super appart, l'ancien quartier des docks rénové. Edwin a dit d'accord, qu'il allait poser quelques jours, que de toute façon, on est en février et que c'est encore plus calme en février que les autres mois de l'année. Cela sur un ton égal, plus proche de l'ennui que de la neurasthénie. Bon signe d'après Edgar, qui a gardé cette remarque pour lui. Edwin s'est réveillé, des envies d'ailleurs indistinctes et insinuées dans le crâne, alors pourquoi pas Manchester plutôt que Paris.

Edwin planté devant la baie, Edgar achève de rentrer le matériel puis s'affaire dans son dos. Il pose des projecteurs, des réflecteurs, prend le contraste. On commencera par la salle de réception, puis le boudoir, puis le jardin intérieur avec sa mare, sa fontaine et sa sculpture, enfin la piscine. La terrasse, on verra si on a le temps, et on se passera du premier étage. Il y en aura à vue de nez pour quatre bonnes heures. Pour l'instant, Edwin contemple toujours la purée de pois, pensant que l'immeuble est si élevé qu'il doit faire frisquet dehors, sur la terrasse. Moins que dans la montagne sur le tableau, mais tout de même, bien frisquet. Rien ne bouge dehors, les tables et chaises d'été sont d'un bois exotique très lourd, il n'y a pas d'arbres sur lesquels observer la chose, malgré quoi Edwin est prêt à parier que le vent s'est levé.

4

Lorsqu'il finit par se retourner, Edwin aborde enfin l'appartement où il était entré sans rien regarder, une lourde valise dans chaque main, pour aider. Il avait posé les valises et s'était dirigé vers la large baie sans prêter aucune attention au majordome les accueillant en gants blancs, pas davantage qu'au lieu. Comme si son intention avait été d'aller vers le dehors directement, pour du haut de l'immeuble en rejoindre le bas plus vite que par l'ascenseur. Un peu inquiet, Edgar avait levé la main, fait ainsi cesser tout mouvement de la part du majordome, seul hôte de l'appartement, et attendu que son ami se stabilise devant la vitre, perde son regard dans le lointain plutôt que de l'utiliser à chercher le système d'ouverture situé sur sa gauche. Edwin ne bougeant plus, ses yeux vagabondant dans le ciel blanchâtre, la main s'était abaissée et remise à son ouvrage.

Les deux pièces à vivre et photographier s'étendent en deux longues alcôves. Au bout desquelles, la piscine. Elles sont en enfilade, et donnent sur la mare étirée, sa fontaine et sa forêt, qu'il faut contourner ou traverser pour atteindre la longue baie et de là la terrasse puis l'horizon. De chaque alcôve, un escalier mène au balcon à balustrade vitrée en surplomb. Du balcon, on accède à une autre série de pièces aux fenêtres donnant de l'autre côté de l'immeuble, des chambres en nombre, un bureau, une bibliothèque aussi, sûrement. Edwin y fera un tour plus tard. Il est pour l'heure tiré de sa contemplation du dehors par le majordome qui lui tend un verre d'eau sur un plateau. L'eau passe dans sa gorge, noyant momentanément le tableau neigeux déjà durablement imprimé dans sa rétine.

Tel un claquement de doigts d'hypnotiseur faisant cesser l'état provoqué au préalable, les premiers cliquètements de l'appareil photo font revenir à lui Edwin, déjà reparti vers le dehors qui, décidément, l'attire. Il se retourne à nouveau, son verre vide à la main, reste un temps devant le salon en phase d'immortalisation, puis prend de l'avance, rejoint le boudoir. Parallèlement, le jardin intérieur planté s'étend, muni de sa longue mare, elle-même parsemée de dalles de pierre. On peut passer de l'une à l'autre d'un pas, on pourrait y jouer à la marelle, ou s'imaginer chaussé de bottes de sept lieues, franchissant des océans séparant des continents. De la fontaine s'écoulent des jets soporifiques, bien trop doux pour être capables d'assurer le rôle de tsunami ou même de marée dans ce monde réduit et plan. Edwin soudain fait l'enfant, sautille un peu frénétiquement d'une dalle à l'autre. Il ne cesse qu'au froncement de sourcils du majordome. Edwin ne veut pas déranger, et Edgar lui a demandé de rester discret. Il est censé faire partie de l'équipe, qui se résume à Edgar et à lui étant donné que l'assistant, qui a rendu ses tripes sur tout le vol, a repris le premier avion vers Paris sans sortir de l'aéroport. Edwin s'arrête devant la grande sculpture plantée au milieu du petit océan et revient sur ses pas, la tête un peu enfoncée dans les épaules, un peu contrarié par cette réprimande silencieuse. De toute façon, la sculpture bloquait le passage. L'amusement d'Edwin retombe en même temps que ce petit accès de fébrilité à surveiller. D'ennui revenu, il s'en va prendre place dans un vaste fauteuil placé au bord du jardin, s'y affalant comme s'il était tombé dans l'épuisement le plus complet.

Ses spots déplacés, Edgar rejoint Edwin, qui doit se déporter ailleurs afin de ne pas gêner. Il part se promener à sa guise, découvre chaque pièce, chaque table et tableau, chaise et châssis décorant la demeure. La nouveauté le porte un peu, mais bien vite il retombe, s'avachit dans un autre fauteuil, en osier qu'il manque d'abîmer. Il repart vers le ciel blanc, vers son tableau, et rien d'autre. Il s'assoupit même un bref moment. Le somme ne dure pas, Edwin revient à une vivacité d'éveil standard, ni soutenu par l'excitation ni ralenti par la torpeur. Et maintenant, quoi?

Edwin reprend sa route, à présent le long de la balustrade du premier. Le majordome s'est retiré en cuisine, il n'est plus là pour en interdire l'accès. Entre les portes des chambres sont pendues des dizaines de toiles et dessins, où les époques se confondent allègrement. L'accrochage paraît instinctif. Les goûts des propriétaires se devinent aisément. Ils privilégient d'une part les esquisses au crayon ; à vue de nez, sans connaître, Edwin dirait XVIe, peut-être XVIIe siècle. Ces dessins sont intercalés entre des réalisations abstraites et colorées, sûrement du XXe. Les petites pièces techniques sont confrontées à ces grands formats intuitifs. Enfin, de petits panneaux bien achevés, dont Edwin ne sait pas qu'ils datent du XVe, la moitié d'un livre de poche en peinture pour la plupart, parsèment l'ensemble. Edwin en décroche un, qui épouserait à merveille la forme de sa poche de pantalon. Il y entre effectivement, comme s'il avait été prévu pour.

Avec un peu de retard sur le planning, Edgar termine les photos, épargne la terrasse. Pas trop tôt, juge Edwin, qui se meurt à présent d'ennui sans plus de sursauts depuis que le ciel s'est teinté de bleu. Ce n'est plus le tableau de montagne, des gratte-ciel sont apparus en face, et le bitume en bas avec ses véhicules colorés. Edwin, déçu, a tenté de trouver un autre tableau, une autre image à plaquer sur ce nouveau décor, histoire de penser à autre chose, sans succès. Il songe de plus en plus à se rendre en cuisine. Il serait bien tenté d'aller quémander quelques allumettes au majordome. Mais Edgar dit qu'il a fini, qu'on peut y aller. Il remballe son matériel puis il sort Edwin en ville, sans enthousiasme de part ni d'autre. Manchester est tout neuf, et tout aussi ennuyeux qu'auparavant, le samedi autant que le dimanche. Il ne fait ni beau ni mauvais, ni chaud ni froid. Un week-end empreint de neutralité, qu'Edwin achève par un bain à l'hôtel en compagnie d'une jolie fille gentiment dépêchée par Edgar pour masser son ennui. Il renvoie la fille après le massage, le tableau neigeux ne daigne pas laisser de place à la chair ce soir.

5

Migaud-sur-Marne. Deux mille huit cent cinquante-sept âmes à un puissant jet de pierre de Paris. Une place de l'Église qui est aussi celle de la Mairie, de la salle des fêtes, de la bibliothèque municipale, du bistrot, et enfin du musée de la Chasse. Le village fut un relais de chasse royal au XVIIIᵉ siècle, l'espace d'une dizaine d'années, de 1704 à 1712 pour être précis. Le roi n'y est jamais passé, mais il aurait pu. Au cours d'une campagne électorale, un candidat aujourd'hui oublié a jugé opportun d'exhumer ce souvenir afin, avait-il dit, d'œuvrer au rayonnement de la commune en y créant un site attractif, elle qui n'en possédait aucun. Étant donné le coût substantiel du minuscule établissement et ses chances de succès proches du néant, cet homme s'est sûrement montré convaincant. Il est mort à peine élu. Par un miracle administratif, le projet lui a survécu et le musée a vu le jour. Chaque année, il est question de le fermer, mais chaque année, on y est un peu plus habitué, il est implanté maintenant. Et il faudrait trouver une utilité nouvelle au bâtiment.

Lequel bâtiment est plutôt bien conçu. Simple et fonctionnel. Le musée au rez-de-chaussée, l'appartement de l'employé au premier. Edwin y a fait son nid. Sans paille, sans foin, le strict minimum. Un escalier dérobé permet d'y monter directement du musée. Pendant six années, Edwin n'est sorti de cette maison-musée moderne que pour faire ses provisions. Depuis un an environ, il poussait un peu plus loin que l'épicerie. Il prenait parfois le chemin derrière l'église, les soirs de lune. Il passait devant le lavoir désaffecté, atteignait le canal, une première écluse qu'il traversait pour longer la rive d'en face jusqu'à une seconde écluse, qu'il traversait également pour revenir par l'autre côté. Sept ans qu'il économisait sa parole, bien qu'il sût que les mots ne se thésaurisent pas, on n'en a pas plus après en avoir prononcé moins.

Edgar venait le visiter irrégulièrement, un peu moins souvent qu'il ne l'appelait, deux ou trois fois par an. Edwin ne lui a rien dit de ses sorties nocturnes. Simplement, un jour, un appel, il lui a demandé si cela tenait toujours pour Paris. Et il s'est retrouvé à Manchester dans un bel appartement, où il a marié une toute petite toile à sa poche de pantalon, pour la seule raison qu'elle s'y insérait parfaitement. Elle y entrait si bien qu'il ne l'y a plus sentie jusqu'à son retour, et même quelques jours plus tard, en vidant les poches le mardi, jour de lessive.

Edwin n'est pas intéressé par cette peinture. Elle représente une femme, vierge probablement, à la robe longue et ample dissimulant son siège et recouvrant les tommettes autour d'elle. La robe est verte, les tommettes rouges. Derrière elle, une cheminée où rougeoient des bûches entamées, une fenêtre ouverte sur la ville. C'est joli, mais ça ne vaut pas le tableau neigeux et sa procession d'hommes et d'éléphants vus par la baie vitrée alors qu'il n'y était pas. Si la cordée dans le blanc ne l'intéresse pas vraiment non plus, elle l'intrigue. Rien depuis l'incendie du pavillon, depuis sept ans, n'a autant retenu son attention.

6

Foxtrot est en bas de chez lui à sa table habituelle, dans son établissement habituel, un pub de moyenne gamme. Les boiseries murales sont encore vernies, la moquette verte au sol n'est pas excessivement tachée, l'odeur de vomi ne persiste pas au matin, et les libellés polissons ou lubriques des toilettes sont régulièrement nettoyés. Foxtrot est le chouchou de Sherry, qui le connaît autant qu'une jeune et belle serveuse rousse peut connaître un client honorable de quatre-vingt-cinq ans bientôt. Ça n'a pas l'air d'aller fort, aujourd'hui, mon poulet. Tu veux une autre pinte? Oui, non, non merci; ça ne va pas plus mal que d'habitude, en fait. Ah, c'est la vie qui va pas, c'est ça? Mais c'est pareil pour tout le monde, tu sais? Mais toi, tu as de la chance, tu n'es pas loin du bout, pas vrai? Je sais, je te taquine et tu n'aimes pas ça, mais viens me voir juste avant de partir, et tu verras que je ne suis pas si méchante, je saurai me faire pardonner. Mais seulement quand tu seras sûr de t'en aller pour de bon, je ne voudrais pas que nos rapports en souffrent, hein? Je l'ai déjà fait trop souvent, de gâter un ami. Après, c'est plus pareil, ça gâche tout, tu ne crois pas? Sherry parle beaucoup, Foxtrot le sait depuis les cinq années qu'elle travaille au pub. Ça devrait le fatiguer, ces longues tirades de jeune fille un peu pauvre d'éducation, au lieu de quoi il trouve à Sherry de la repartie en plus du charme. Foxtrot pense qu'il en manque, lui, de repartie en plus du charme. Oui, je te préviendrai. Je n'y manquerai pas.

Foxtrot n'a pas voulu être présent pour la séance photo. Il se fiche de la qualité des clichés, de l'impression qu'ils pourraient donner de sa vie. Il a accepté la proposition du magazine dans le seul but d'agacer son épouse, qui a pourtant toutes les chances de n'en jamais rien savoir. Elle ne lit pas ce genre de torchon; elle lui a demandé, un jour qu'elle était de passage à Manchester, non mais qui peut prendre le temps de lire des trucs pareils? Foxtrot s'est dit qu'elle avait peut-être changé d'avis depuis, auquel cas il se pourrait qu'elle tombe sur l'article dans le prochain numéro.

Le ciel fréquemment blanc de Manchester n'est jamais devenu familier à Foxtrot. Il jette un coup d'œil dehors. Comme toujours, ce blanc, cette brume lui fichent un coup. Il pense comme au premier jour qu'il va bientôt repartir, qu'on ne peut pas vivre une vie entière sous un ciel pareil, la semaine prochaine, je mets les voiles. Et puis, quelques heures passent et parfois un bout de bleu prend place. S'il n'y a pas de bleu aujourd'hui, il y en aura peut-être demain.

Aujourd'hui, il y en a, il arrive en prenant son temps. Le ciel bleuté et le sourire de Sherry font oublier à Foxtrot la brume et le blanc.

7

Par la verrière de la salle de vente, le soleil perce. Il est midi, à Hong Kong. Malgré le système de climatisation, Denise a chaud. Elle enlève sa veste légère, dont on vient diligemment la soulager. On sait qu'elle boirait volontiers un verre d'eau à température moyenne, comme c'est son habitude lorsqu'elle boit de l'eau. Son désir est devancé. Denise se désaltère, repose le verre sur le plateau, dit merci, alors, qu'allez-vous me montrer de beau aujourd'hui? Elle a écourté sa réunion de fin de matinée pour venir en ces lieux, au dernier étage d'une tour neuve, invitée exclusive et solitaire quand la présentation officielle n'est programmée qu'à dix-neuf heures. Ça tombe bien, elle est invitée ce soir à quelque cocktail ailleurs qu'ici.

Les œuvres qui seront sous peu vendues aux enchères ne sont pas toutes encore disposées dans la salle principale. Dans les salons privés, parés de la plus moelleuse moquette, d'un mobilier qui pourrait lui aussi faire partie d'une vente de prestige, les chefs-d'œuvre sont à la vue, sur chevalet, des clients les plus choyés. Denise parcourt l'endroit, s'attarde notamment sur un paysage valaisan où se promène une femme à chignon, de dos, en robe blanche sur fond de champs verts. Tout est beau, aujourd'hui, dans la vente et la vie de Denise. Elle a signé un contrat juteux hier, tout va pour le mieux dans les affaires, et là, dans ce salon, tant de beauté, les plus belles images du monde. Une fois les salons privés explorés, elle retourne investiguer le restant des pièces à disperser — la collection de peinture moderne d'un amateur, constituée sur plus de cinquante ans de vie. L'amateur est mort, la beauté conservée si longtemps par-devers lui s'expose, prête à vivre d'autres vies, dans d'autres murs. Denise se réjouit de passer devant toutes ces images, en détailler certaines, en ignorer d'autres, écouter les commentaires de l'expert, les faire cesser d'un geste de la main. Il fait beau dehors, les nuages de pollution blancs et gris se sont dissipés. Denise court d'œuvre en œuvre, depuis quarante ans maintenant. Depuis toujours, elle se focalise sur un sujet, un type d'objet, une région, une période. Lorsqu'elle considère en avoir fait le tour, en avoir accumulé un échantillon représentatif, en diversité comme en qualité, elle le remise dans un vaste entrepôt et passe à un autre. En ce moment, son attention est toute portée sur les modernes. Elle a érigé des bornes visant à éviter l'éparpillement: peintures et dessins européens de 1890 à 1922. Aucune exception. Les experts, les marchands qui comptent le savent. Elle est passée au moderne. Non, janvier 41, elle n'en voudra jamais, trop tardif. Les spécialistes du domaine élu se gargarisent, le reste se dit pour les uns qu'ils ont mangé leur pain blanc, pour les autres que leur tour sera peut-être le prochain.

Pendant quelques années, courant plusieurs lièvres à la fois, Denise avait embauché une armée de consultants, disséminés dans le monde, épluchant les catalogues, écumant les foires. Tours de guet vivantes, ils étaient chargés par elle de lui signaler toute œuvre relevant de la Première Renaissance flamande (entre 1432 et 1501, peintures uniquement), l'Abstraction russe (1902-1953, peintures et dessins, collages à discuter), le travail de Messerschmidt et Mondrian, et aussi les cuillères à fard égyptiennes (celles en forme de nageuse à l'exclusion de tout autre) et les poteries érotiques étrusques (des cités de Tarquinia et Vetulonia). Denise menait de front plusieurs collections, d'un appétit sans bornes. Finalement, une à la fois lui suffit, dont elle préfère s'occuper elle-même. Elle rate sûrement des chefs-d'œuvre, mais c'est elle qui les rate. Les consultants la submergeaient continuellement de suggestions, lui gâchaient une partie du plaisir, bien qu'il en demeure quelques-uns dont elle ouvre encore les recommandations.

Avec l'âge, Denise apprivoise le temps qui vient, le laisse emplir des plages qu'elle ménage à dessein de rien. Elle passe le plus clair de ses jours à Hong Kong, pour les affaires. Manchester, sa terre d'enfance, morne et blanche à tous les matins du monde, ne lui manque pas. Elle n'a cependant jamais acquis de logement en Asie, sa suite habituelle louée à l'année, meublée, décorée comme un chez-soi qu'elle n'est pas. Denise avec l'âge se fait le plaisir d'être bercée par l'ennui, feuilletant parfois même distraitement des magazines futiles, de femme ou de décoration. Elle n'ira pas au cocktail de ce soir. Il fait vraiment beau aujourd'hui, un temps à se baigner. La pensée d'Henri l'effleure, comme souvent ces derniers temps, sans qu'elle sache pourquoi. Elle le voit dans la brume de Manchester, souriant par la baie du penthouse, puis au pub d'en bas, taquiné par l'insupportable serveuse rousse de l'endroit. Les commissures des lèvres de Denise s'inversent. Elle pose un magazine à peine entrouvert qu'elle rouvrira plus tard, défait sa légère blouse et ôte son chapeau avant de plonger dans sa piscine privée. Avec une seule collection à construire, Denise a tout le temps de lire des frivolités et de se baigner.

8

Boniface est debout devant le comptoir de la cuisine, tenant un bol de la main droite et une cuillère de la gauche. Dans son tablier blanc et son costume bien repassé, il tourne énergiquement la cuillère dans le bol à raison de 123 tours par minute pour une durée de 3 minutes et 20 secondes, cependant quoi il pense chiffres. Il pense comment reprogrammer son ordinateur afin que celui-ci dispose d'un rayon d'action plus vaste, il faudrait que je parvienne à me connecter aux antennes nationales, non, pas les officielles, c'est trop limité, celles du gouvernement, ils ont forcément un réseau digne de ce nom. Tiens, le réseau de Scotland Yard, ou du MI5 pourquoi pas, c'est sûrement faisable. Boniface sourit à part lui, seul dans la cuisine. C'est un fondu d'informatique, malgré ses cinquante-sept ans. Grandi au temps où l'on trempait la plume dans l'encrier, il a pris le train en marche, s'éprenant des logiciels et autres disques durs remplis de données au détriment d'autres plaisirs, y passant des centaines d'heures qui en ont gâté autant d'autres. C'était le prix à payer pour se mettre à niveau d'abord, exceller ensuite. Boniface toutefois excelle également en gastronomie, ce qui lui est souvent rappelé, plus souvent que ses talents en informatique, tenus secrets.

L'omelette est prête, les photographes ont bientôt terminé semble-t-il, le planning est peu ou prou respecté, Monsieur ne devrait plus tarder. Rapide coup d'œil en douce au premier par l'escalier de service pendant que la petite équipe prend les derniers clichés. Boniface opère un scan des pièces, en bon domestique tapote un oreiller froissé, puis va pour redescendre. Avant quoi du coin de l'œil il remarque un trou, une trace rectangulaire sur le mur du couloir sans rien pour la dissimuler. F601. Le tableau F601 de la collection, une petite toile sur tissu contrecollée sur panneau en bois de peuplier est manquante, alors qu'elle était à sa place avant l'arrivée de ces messieurs. Boniface en mettrait sa main au feu. Il ne peut décemment pas porter d'accusation sans preuves. Il va falloir faire autrement. D'abord les laisser partir en leur laissant une chance de réparer leur méfait. Vous n'avez rien oublié ? Vous ne voulez pas aller vérifier par vous-mêmes ? Puis joindre Monsieur. Monsieur ? Il y a un petit ennui. Le numéro F601 n'est plus accroché au mur. Non Monsieur, il n'est pas tombé. Oui Monsieur, disparu. Ou plutôt dérobé, si je puis me permettre.

9

Foxtrot fut un beau jeune homme assoiffé d'action. Engagé volontaire dans un régiment de parachutistes, dans les années cinquante, il a fait l'Indochine, presque avec plaisir, en est revenu indemne et armé d'une carte au trésor sous la forme d'un petit carnet écorné rempli de pattes de mouche. Lesquelles pattes de mouche formaient en fait des lettres désignant tout un réseau naissant de fournisseurs de pierres précieuses rencontrés sur place. L'assurance de la fortune. Une fortune discrète tout en liasses de billets, amassée à force d'allers-retours risqués entre le Triangle d'or asiatique et Anvers, capitale mondiale des diamantaires. Foxtrot n'a plus jamais remis les pieds sur le continent eurasien depuis cette époque. Comme si un bras de mer le mettait à l'abri des autorités fiscales et des confrères sans foi ni loi, il s'est fixé en Angleterre, à l'écart des côtes, dans la ville de Manchester. Il y a longtemps habité un appartement victorien, puis il a déménagé pour le penthouse, sur conseil et sans enthousiasme. C'est à Manchester qu'il a vieilli. Avant de vieillir, il y a rencontré Denise, conseillère en investissements à l'époque. Elle a intelligemment placé pour lui son liquide louche, dans des sociétés variées de sa seule connaissance. Ils se sont plu, puis épousés dans la foulée. Ils ne se voient pas souvent pour autant. Il y eut un peu de cour, une nuit d'amour — celle de la noce —, puis plus rien. Du lendemain de cette nuit, Foxtrot s'est comme éteint. Il avait tout ce qu'un homme pouvait désirer, alors il ne désira plus rien. Déception passée, Denise en a pris son parti. Elle détient le secret de la fortune de son époux, dont elle profite en la faisant fructifier dans l'industrie, la finance et les services. Elle s'amuse de par le monde, connaissant mal l'appartement de Manchester et nettement mieux les places de Londres, New York ou Hong Kong. Elle a ses jetons dans les conseils d'administration qui comptent. Chargée de placer ses fonds initiaux par Foxtrot, elle a aujourd'hui les mains sur les cordons de la bourse et de loin lui verse une généreuse rente mensuelle. Elle n'a jamais demandé le divorce, ne s'est jamais remise en couple. À qui lui pose la question, mais où est donc votre cher et tendre, elle explique toujours qu'il est à la maison lorsqu'elle est de sortie, et qu'il est de sortie lorsqu'elle-même reçoit en son logis.

Foxtrot, depuis son mariage donc, dort. Il dort debout, il dort vivant. Depuis qu'il est riche et peut tout s'acheter, plus rien ne l'intéresse. De son niveau de vie, il a appris les bonnes manières, puis s'est prestement encroûté. Du temps de sa jeunesse, il aurait pu s'embarquer pour des travaux de mercenariat. Il a hésité, puis il fut trop tard. Faute de savoir quoi faire depuis, il collectionne, additionne, comme sa femme. Chacun de son côté. Les objets, les tableaux, les livres. Il prend du temps pour sélectionner les nouveaux entrants dans le penthouse, à l'inverse de la compulsivité de son épouse. Foxtrot est un collectionneur d'un genre particulier. Il n'est pas mû par la passion, l'autocélébration, la recherche de prestige ou la spéculation, ni par cet élan irrésistible et un peu inexplicable dont témoigne Denise. Il trompe l'ennui en espérant secrètement qu'un jour, un beau jour, il tombera sur l'œuvre qui l'animera, lui chauffera les sangs comme dans la jungle, il en transpirera, d'adrénaline cruelle et suave, de cette adrénaline qu'il a ressentie en pourchassant l'ennemi pour le tuer. Foxtrot n'a plus l'âge de courir, sauf sur ses quatre-vingt-cinq ans, mais il rêve de poursuivre l'œuvre ultime. C'est ce rêve qui l'a dissuadé d'en finir prématurément. Cette œuvre ultime, celle qui change tout, Foxtrot l'a déjà possédée. Longtemps. Jusqu'à ce matin.

Le téléphone portable de Foxtrot vibre sur la table. C'est Boniface. Sherry perturbe la courte conversation en demandant au vieil homme si c'est sa femme au bout du fil, on ne la voit jamais, ta femme, elle existe vraiment? Je dois y aller, répond Foxtrot en glissant son téléphone dans sa poche, un petit problème. Non, rien de grave. Oui, je te préviendrai.

Devant son omelette, face à la longue baie vitrée de son penthouse, Foxtrot réfléchit. Hors de question de faire appel à la police, ils viendraient mettre le nez dans les comptes, ils n'y manqueraient pas. Que faire alors? Faut-il prévenir Denise? Probablement non, d'autant qu'elle pourrait s'énerver doublement, de la séance photo en plus du vol. Foxtrot n'aime pas voir sa femme dans tous ses états, bien que cela ne soit jamais arrivé. Lorsqu'il s'est rendormi, au matin de la nuit de noces, elle n'a rien dit. Depuis, jamais un mot plus haut que l'autre dans leurs rares échanges, une froideur aussi impénétrable que le brouillard de Manchester. À peine si parfois une pointe de colère vient s'immiscer dans ses réflexions. Foxtrot vient inexplicablement de chercher à la provoquer en acceptant la publication de clichés qu'elle réprouverait, il ne tient pas pour autant à la voir sortir de ses gonds. On dit que ce n'est pas beau à voir, ni à vivre. Après avoir finalement rejeté l'idée de mettre Denise au courant — ce n'est pas son tableau après tout —, Foxtrot prend le temps d'écouter la proposition de Boniface, dont il ignorait jusque-là le goût pour l'informatique. Bien que n'y entendant pas grand-chose et n'y croyant pas tellement plus, il accepte, ajoutant qu'il prendra bien sûr en charge tous les frais. Oui, oui, prenez ce qu'il y a de mieux. Et faites au plus vite. Ce n'est pas que ce tableau compte tant que cela, mais c'est une question de principe. Et si ce que vous dites est possible, il y a peut-être même là de quoi s'amuser un peu.

10

Edwin n'est rentré à Migaud-sur-Marne que le temps de faire sa lessive. Edgar lui a proposé de profiter de la chambre d'amis de son appartement parisien, tant qu'il lui plairait. Lui-même n'est pas souvent à la maison, et il y a de la place. La seule condition au séjour étant de ne rien déplacer des éléments de l'appartement. En dehors de cette exigence maniaque, Edgar est très facile à vivre, Edwin verra. Avant même d'avoir confirmation que son congé longue durée est accepté, qu'on lui a trouvé un remplaçant, Edwin monte dans le train en *gare de Migaud-sur-Marne*, regarde les portes s'ouvrir à *Monceau-sur-Marne, Milly-sur-Marne* et *Marly-sur-Marne* pour enfin descendre sur le *quai numéro 8* de la *gare du Nord*. De là, il prend la *ligne 4* du métro jusqu'à la *station Odéon* et s'installe au *numéro 7* de la *rue Mazarine* dans le 6ᵉ arrondissement, près du carrefour de l'Odéon. L'étage n'est pas précisé.

Edwin n'est pas mécontent de s'installer dans ce grand appartement haussmannien. Les murs blancs et propres, la hauteur sous plafond, les moulures, tout le change de son deux pièces de Migaud comme de son pavillon périphérique brûlé d'il y a sept ans. Sa maison-musée, il a hésité à y mettre le feu aussi sur la fin, l'envie le démangeait, ses doigts se crispaient, il se serait mis à fumer rien que pour disposer d'un briquet. Fébrile, il avait jeté ses vêtements dans une valise, cherché dans la cuisine des allumettes qu'il savait ne pas posséder, et finalement retrouvé son calme grâce à la redécouverte du petit tableau, sur la table de nuit, qu'il avait de nouveau empoché. Le petit rectangle dissimulé au chaud dans l'interstice contre sa cuisse, il pouvait plaisamment s'imaginer qu'il s'agissait du grand, le grand tableau neigeux. Celui-ci l'accompagnerait partout désormais. À défaut de le voir vraiment, il pourrait le toucher de la main. En sortant, Edwin n'a pas pris la peine de verrouiller la porte. Hormis ses quelques effets, il n'a emporté avec lui que son téléphone portable. Ces lieux ne contiennent rien qui lui soit cher, et il n'y remettra certainement plus jamais les pieds.

Le jour de l'emménagement de son ami, Edgar est aux petits soins. Il a repoussé des séances, annulé des rendez-vous. Fais comme chez toi, prends un bain si tu veux. Je vais nous préparer une bonne omelette. Champignons? Pommes de terre? Traité comme un roi, Edwin a pourtant la tête ailleurs, à un projet qu'il mûrit depuis plusieurs mois. Un projet impossible à mener depuis un village comme Migaud-sur-Marne.

11

Les premiers jours de retour à la ville sont toutefois consacrés à la détente. Bien qu'Edwin n'ait rien fait vraiment qui mériterait ce délassement, Edgar insiste. Allons nous promener, tu verras, c'est plus joli que Manchester. Edwin connaît Paris, il y a grandi. Il y a si longtemps, avant sa vie d'avant, qu'il ne s'en souvient plus très bien. C'est sûrement plus joli que Manchester. Ils se promènent alors, sans qu'Edwin éprouve réellement la beauté dont Edgar lui rebat les oreilles à tout bout de champ, tellement qu'il en oublie d'utiliser l'appareil qui pend autour de son cou. Edwin évolue dans son océan d'ennui, pas malheureux quand il y pense, d'autant que cet ennui est parsemé d'îlots d'idées, comme son projet et son tableau neigeux. Edwin marche les mains dans les poches, palpant de la droite son petit tableau justement, qu'il imagine très grand, aussi grand que celui de la procession d'hommes dans la neige et le froid. Dès le lendemain, on prend la *rue Mazarine* jusqu'au fleuve, les *quais Malaquais* puis *Voltaire*, le *pont du Carrousel* jusqu'à la *cour Napoléon* et la *pyramide du Louvre* ;

41

de l'autre côté, le *jardin du Carrousel*, l'*avenue du Général-Lemonnier* traversée pour entrer dans les *Tuileries*. Le duo passe entre la galerie du Jeu de Paume et l'Orangerie, puis revient par le *pont de la Concorde* et le bruyant *boulevard Saint-Germain*. Demain, on ira faire du lèche-vitrines, ça te va? Pour l'heure, cela va à Edwin, qui ne se gêne pas d'être mené comme un enfant à occuper. Il écoute, pose les yeux sur le mouvement comme sur l'immobile, suit les pas d'Edgar, qui s'agite, en verbe et en gestes. Ce soir, cinéma, en bas, place de l'Odéon. Ou *rue Hautefeuille*, comme tu préfères. Un film de guerre. Si le film n'est pas très bon, Edgar au moins se tait pendant la projection.

Le lendemain, Edgar propose de faire les musées en fait de boutiques. Edwin acquiesce, en enthousiasme mineur. Son projet peut attendre quelques jours, on dirait qu'Edgar est heureux de jouer au samaritain. Surtout, au hasard d'une salle, Edwin découvrirait peut-être le tableau neigeux, le vrai, pas le substitut qu'il trimballe partout dans sa poche. Car ce tableau existe forcément, il ne l'a pas inventé. Edwin se sent absolument incapable de faire surgir de nulle part en son esprit une telle image. Où pourrait-on trouver une telle œuvre? Quelle époque, pays, mouvement? La recherche risque d'être fastidieuse et ne lui procure aucune perspective de joie. Il s'avoue vaincu d'avance par son ignorance. Dans son esprit, tel qu'il est apparu et subsiste, le tableau date du XIXe siècle. Il ressemble à la vague idée qu'Edwin se fait d'un tableau neigeux au XIXe siècle. Il l'a peut-être vu dans un musée. Cette possibilité s'efface vite, sachant qu'Edwin ne va jamais au musée. Mais sait-on jamais, que le tableau se trouve effectivement dans un musée et qu'il en ait, un jour ancien, vu une reproduction. Le xixe siècle, une piste comme une autre. Dans la liste de musées diligemment proposée par Edgar, Edwin sélectionne en premier celui d'*Orsay*. On y passe deux matinées et une après-midi. De cette première visite s'instaure comme un rituel rapidement constitué dont seul Edwin connaîtrait l'objet. Edgar, qui menait le pas, devient suiveur, jeune initié ignorant des arcanes d'une société secrète à laquelle il n'accédera jamais. Après Orsay, Edwin désigne le suivant sur la liste. Un tour rapide au *Louvre*, puis le *musée Carnavalet* et le *Petit Palais*, *Jacquemart-André*, *Rodin*, *Moreau* et *Delacroix*, puis encore *Hugo*, d'une même monomanie pour le xixe, critère inaperçu d'Edgar. Toujours, selon le rituel, dès l'entrée Edwin se saisit d'un plan avant de parcourir avec méthode toutes les galeries, enfilant les tableaux sur les murs comme les perles sur un collier, en artisan accompli. Il est sûr de son fait, ne s'attarde pas. Aucun tableau ne correspond. Il va falloir chercher ailleurs.

12

Le blanc est revenu en maître sur Manchester, il ne laisse plus le bleu lui faire de l'ombre. Foxtrot pourrait en être miné, à en passer ses journées au pub, plus longtemps que de coutume, écoutant Sherry dégoiser sur le monde et en rire, sirotant whisky sur whisky sans devenir soûl, ivrogne sans ivresse. Il ne penserait même plus à la seule chose qui le fait se lever le matin, les futures additions à sa collection, pesées et repesées, en attente de l'ultime. Il serait contrarié, replongerait dans ses souvenirs de l'Indo, des copains d'alors, repenserait à leur absence totale depuis. Il retournerait dans le sang, l'action y menant, la peur aux tripes et la joie presque saugrenue de la mort donnée pour continuer à vivre. Boniface lui préparerait ses repas à heures fixes, le borderait quasiment, comme on borde un grabataire. Or, non seulement les souvenirs sanguinaires et fraternels se sont-ils peu à peu éloignés avec les années, mais le vol finit de tout changer ; l'idée de la traque le ranime quelque peu, et l'image de Denise vient même fugacement se superposer à celle du F601, ce dont il est le premier étonné. Boniface a installé son système, le montre à Foxtrot, qui à défaut d'en comprendre le fonctionnement, entrevoit très vite l'usage qui peut en être fait. Boniface est assis au bureau, devant l'appareil, son employeur à côté de lui. Les sourires sont vissés aux visages. Le majordome est ravi de mettre en œuvre ses qualifications révisées des nuits durant, Foxtrot se réjouit pour sa part de se mettre en chasse. Alors ça marche. C'est incroyable ce machin. Oui Monsieur.

De l'autre côté de la planète, Denise a pris un bain. Elle s'immerge souvent en ce moment. Dans l'immense baignoire d'angle, elle a pensé aux rendez-vous du lendemain — trois conseils d'administration inutiles —, à quelques pièces qu'elle va s'offrir, et puis à Henri. Ça fait longtemps qu'elle n'est pas passée le voir à Manchester. Henri ne veut rien, et elle-même s'amuse dans son coin. Elle n'a jamais compris. Elle a admis. Depuis cet homme qu'elle ne croise qu'une ou deux fois par an, ce mari dont elle n'est pas familière tout en le connaissant depuis cinquante ans, elle n'a plus jamais ressenti de véritable désir pour un autre. Elle s'est laissée prendre, en milieu de vie, par quelques prétendants, sérieux ou non, qui l'ont laissée froide. Ôtant son peignoir devant le miroir en pied de la chambre, elle se trouve bien conservée, ses fesses lui plaisent encore, ses seins aussi. Elle se demande si ces attributs, si longtemps délaissés, sexuellement inusités, réveilleraient Henri si elle les lui présentait, si longtemps après. Probablement non, ce vieux schnock est un imbécile. Denise prend place à son bureau, l'écran s'allume, couvert de petites icônes où sont illustrées des œuvres de partout rabattues grâce à un système d'alerte. Elle a des vues sur plusieurs, plus tard. Pour l'heure, une particulièrement retient son attention. Elle est envoyée par un expert connu de longue date, l'un de ceux autorisés à lui transmettre des pièces d'intérêt. L'œuvre du jour n'a rien à voir avec sa manie du moment, mais l'intitulé la qualifie de «divine». En est indiquée la provenance impeccable — un mécène-collectionneur prestigieux, puis un marchand renommé, qui l'a toujours conservée dans son stock. Il la révérait. Et son caractère unique, au sein de son contexte artistique et historique. Le format, miniature, les détails, insolites, la technique, inhabituelle, tout concourt à en faire une pièce inégalable.

Malheureusement, sa trace est perdue depuis quarante-trois ans, et l'interlocuteur d'enrober ses propos de complaintes quant à une telle disparition, comme un amant dipsomane et délaissé ressasse un amour ancien, au milieu de rien. La seule reproduction disponible est triste à voir, une vieille photographie monochrome. Denise, malgré la pauvreté de l'image, approuve, elle aimerait dénicher ce condensé de beauté. Un tel caractère d'exception, un tel degré de perfection provoquent chez elle un frisson physique. Elle est déçue que l'œuvre, parfaite figure de proue potentielle d'une de ses collections passées, soit perdue. L'expert la lui a envoyée dans un moment de boisson sûrement, de ces moments où l'envie est forte de partager sa lamentation. Denise apprécie vraiment l'œuvre, elle en est remuée, mais elle n'est pas femme à se lamenter.

13

Edgar doit reprendre le travail. Comme s'il devait se justifier, il déclare qu'il est obligé d'honorer ce contrat. Edwin comprend, Edgar ne veut pas le laisser seul, mais il faut vraiment qu'il y aille. Tu veux venir avec moi? Edwin répond que non, qu'il ne faut pas s'inquiéter pour lui, qu'il a d'autres choses à faire. Sûr? Pas de bêtises alors, tu promets. Oui, si Edgar veut, Edwin promet. Edgar en a pour quelques jours, un saut à Hong Kong et il revient. Il a laissé tout ce qu'il faut dans le frigo, une liste des galeries et monuments, des numéros de téléphone en cas de solitude, et même un peu d'argent. Aujourd'hui, Hong Kong, c'est la porte à côté, quelques stations de métro, en plus confortable. La prochaine fois, pas le choix, je t'emmène.

C'est Edwin qui a insisté pour conduire Edgar à l'aéroport. Celui-ci tentait de l'en dissuader, évoquant entre autres sa fragilité. Edwin finit par régler cette bienveillance infantilisante en quelques mots. S'il continue à lui parler comme à un gamin babillant ou malade, il les envoie dans le décor qu'il soit au volant ou non. De ce moment, Edgar se tait, ce qui redonne un peu le sourire à Edwin, au volant sur l'*autoroute A1* pris à partir de la *porte de la Chapelle*. À mesure que l'imminence du décollage progresse, Edwin sent ses mains s'agiter sans bouger, quelques tics discrets faire leur apparition. Une contraction récurrente des muscles du péroné gauche, un geste de grattement du bas de la joue droite. Une fois Edgar disparu par les portes d'embarquement, Edwin regarde les avions dans le ciel, le péroné gauche encore crampé et la joue droite toujours rouge. La douleur procurée par la crampe et tue tout du long peut enfin s'exprimer dans un râle qui charrie également une interrogation. Et maintenant, quoi ?

Son projet pourtant en tête, Edwin procrastine. Il n'est pas mécontent d'être revenu pour toujours de Migaud-sur-Marne. Il n'en a pas moins du mal à se mettre en ordre de marche. Du canapé, il consulte la liste des galeries posée en évidence sur la table. Beaucoup sont proches, et puis c'est samedi, son projet n'est pas réalisable un samedi. Il peut s'il le souhaite consacrer ce jour à une flânerie supplémentaire et redondante. Le petit tableau qu'il prend pour un grand est toujours dans sa poche droite, sa main doucement posée dessus. Son téléphone dans celle de gauche se met à vibrer. C'est Edgar. Des soucis techniques, l'avion est cloué au sol. Les appels à bord sont pourtant interdits, croyait Edwin. Plus maintenant, répond Edgar. Il s'en est passé, des choses, quand tu étais au frais dans ton musée à Migaud. Edwin ne renchérit pas. Son ami lui demande ce qu'il fait, comme un adolescent demande à un autre qu'est-ce que tu fais, quand il sait que probablement l'autre ne fait rien et qu'il ne fait rien lui-même. Tu fais quoi ? Rien. Et toi ? Rien. Ah bon. Le silence d'Edgar devant celui d'Edwin a l'air inquiet. Alors Edwin lui explique, voilà, il a un projet. Il va importer des objets en jade. Des objets en jade ? Génial ! Mais c'est quoi ? Le jade est l'appellation commune de deux pierres semi-précieuses, la jadéite et la néphrite. On ne trouve que la seconde, exclusivement verte, en Nouvelle-Zélande, où elle était aussi précieuse que l'or pour les premiers habitants de l'endroit, qui fabriquaient avec aussi bien des lames guerrières que des ornements rituels. La fabrication a perduré, sous un aspect un peu moins sacré. Il est tombé sur ces informations dans un journal, il ne saurait plus dire quand. Des objets en pierres semi-précieuses ? Edgar se demande à voix haute si son ami a des fonds. La vie spartiate à Migaud a effectivement permis de constituer une cagnotte, qui passera intégralement dans l'affaire. Edwin ne sait pas ce qu'il fera s'il lui faut davantage. La voix s'exclamant qu'il s'agit là d'un beau projet est dubitative. Sceptique. Un beau projet, vraiment.

Edwin, sans se l'expliquer, explique dans la foulée à Edgar son attitude dans les musées. Je cherchais le tableau que j'ai vu à Manchester. Un tableau neigeux avec une procession d'hommes et des éléphants, tout en haut, tout petits, tout noirs, loin là-haut dans le blanc. Il doit préciser qu'il n'a pas eu de vision, qu'une sorte de souvenir simplement lui est revenu, absolument distinct, il peut encore le voir quand il le souhaite, il lui suffit de fermer les yeux. Il a sûrement vu cette image quelque part, il y a longtemps. Et cette image est revenue à Manchester, dans l'appartement au sommet de la tour, lorsqu'il s'est trouvé happé par la baie vitrée, dès son entrée. Sans interrompre leur conversation, par gestes, Edgar se démène auprès d'une hôtesse pour savoir s'il est encore possible de descendre de l'avion. Non, monsieur, c'est impossible, mais je peux vous apporter un somnifère si vous le désirez. Non, Edgar n'a pas besoin de somnifère. Oui, Edwin va sûrement finir par trouver d'où vient ce tableau mystérieux. Il vaut peut-être la peine de ratisser les galeries du quartier, conseille le photographe avant de raccrocher sous les remontrances de l'hôtesse, l'avion va décoller.

14

Le quartier de Saint-Germain-des-Prés fourmille de galeries. Dans les devantures se succèdent peintures et objets d'art. À mi-chemin de la *rue Mazarine* vers le fleuve, un carrefour. À droite, la *rue Guénégaud*, qu'Edwin ne termine pas. Il revient sur ses pas, prend en face, la *rue Jacques-Callot*. Beaucoup d'art tribal, statuettes et masques en bois hiératiques ou grotesques, fixant le passant qui s'arrête, menaçant ou criant silencieusement. Edwin les observe, tête de guingois, les dépasse. Rien à voir, tout cela, avec des tableaux neigeux. Il n'est pas diverti davantage par les boutiques de lithographies qui s'échelonnent dans la *rue de Seine*, parallèle à la rue Mazarine, arpentée en direction du boulevard Saint-Germain, puis en sens inverse. Il pousse plus loin, encore un peu d'exotique et de sauvage dans la minuscule *rue Visconti* et celle des *Beaux-Arts*. Mais rien, décidément, de commun avec le grand tableau. L'agacement gagne Edwin, qui rumine les conseils mauvais et inutiles d'Edgar. Direction la Seine, par la *rue Bonaparte*. Faute de bûcher à allumer pour apaiser l'irrépressible colère qui monte en lui, il pousse la première porte venue, au bout de la rue, à l'angle du *quai Malaquais*. Intuitivement, il sent qu'il se calmera par l'échange, la diversion, quels qu'ils soient. L'enseigne de la galerie ignorée, il fait halte sur le seuil. Par un regard semi-circulaire, il constate qu'il est au Moyen Âge, ou à peu près pour ce qu'il en sait. De gros coffres en bois bruni tiennent un mur, une gargouille en pierre jaillit d'un autre, des objets liturgiques sous cloche prient qu'on les libère sans être entendus. Un cadavre est peut-être étendu dans ce qui ressemble à un tombeau. Mais qu'est-ce que je fais là ?

Des talons féminins résonnent en crescendo sur le parquet, provenant du fond d'un couloir sans lumière. Une jeune femme mince et large de hanches arrive. Il y a sûrement un bureau au bout du couloir. Les pas se précisent, le corps entier apparaît au sortir de l'ombre. Belle, brune et cordiale, en robe violette. Bonjour, en quoi puis-je vous renseigner ? En rien pour l'instant, je regarde. Elle en prie Edwin, qui se penche sur une sculpture de femme en prière, qui ne ressemble pas du tout à celle qui se tient en jupe mi-longue au centre de la pièce. Au lieu de lui demander si elle sait où il pourrait trouver des tableaux neigeux, datant du XIXe siècle à vue de nez, il sort la petite toile de sa poche droite. Vous avez une idée de ce que c'est ? Je dirais que c'est une œuvre flamande des débuts de la Renaissance. Et nous sommes spécialisés en Haute Époque, c'est un peu tardif pour nous. Ah. Mais je peux vous recommander un expert si vous le souhaitez. Edwin ne sait pas s'il le souhaite, il a sorti la femme dessinée devant une cheminée pour la contenance, pour faire avancer, aboutir la diversion de son envahissante poussée frénétique. Pour la disperser. Pas pour l'instant, je vais y réfléchir. Merci mademoiselle. Sa poussée repoussée, il continue pour la forme son tour de la galerie, sur la pointe des pieds s'assure que le tombeau est vide, en fait une plaisanterie. Il est étonné d'entendre la jeune femme rire, d'un rire bref et harmonieux. Un rire plaisant. Il passe d'œuvre en œuvre le long de chaque mur comme si en fait il tournait autour d'elle, qui reste au centre, vigie en rotation l'observant d'un œil plein d'attention.

En rentrant, Edwin se remémore la fin de leur échange. Elle lui a demandé s'il collectionnait. Non. Et si elle pouvait savoir d'où il tenait sa petite pièce. Non. La sécheresse de ses réponses n'a pas empêché de voir la carte de la jeune femme venir se glisser dans la poche intérieure de sa veste. Si vous avez besoin d'autres renseignements, ce sera avec plaisir. La femme à la carte a prononcé le nom inscrit sur la carte. Blandine Brik. Brik avec un K, comme Kafka. À très bientôt. À quoi Edwin ne pouvait pas répondre une fois de plus par la négative. À quoi il a donc répondu : sûrement.

15

Quelque peu apaisé, et même étonnamment guilleret, Edwin se prépare un repas. Les pâtes sont trop cuites et la sauce banale. Un verre de vin dans la main, il caresse la carte de Blandine Brik dans l'autre. Ce n'est pas son domaine, mais peut-être connaît-elle aussi un spécialiste du XIXᵉ, ou en tableaux neigeux si c'est un style à part entière. Il en existe bien pour les marines, paraît-il, tout ce qui a trait à la mer. Les trésors si gracieusement proposés par les bibliothèques dormiront dans leurs rayons, ou seront consultés par d'autres, car Edwin juge que les bibliothèques, les livres, c'est la plaie. Il n'a aucune envie d'aller compulser des catalogues puis de feuilleter sans fin des ouvrages lourds comme des bottins. Il est tard. Avec le peu de renseignements dont il dispose, autant aller se coucher et rêver à une identification révélée. Ce qu'il fait sans trop tarder, l'air de la ville lui plaît, mais aussi le fatigue.

Le lendemain, les rêves s'étant avérés obscurs, le tableau est à son esprit toujours aussi parfaitement distinct quoique toujours aussi parfaitement inconnu. Constatant qu'il n'a pas avancé d'un pouce, Edwin initie enfin son projet. Renseignements pris par la connexion Internet d'Edgar, il envoie de l'autre côté de la planète, en Nouvelle-Zélande, des messages électroniques à des revendeurs de pendentifs et autres pendants d'oreilles en jade inspirés de l'art traditionnel des Maoris, premiers habitants de ces îles australes. À espérer que l'un d'entre eux répondra avec professionnalisme et diligence, sans quoi il faudrait aller sur place. La Nouvelle-Zélande est de l'autre côté de la planète, Edwin trouve que ça fait un peu loin. Calé dans le canapé, il attend. Il attend un bon moment, une douzaine d'heures de décalage horaire, ponctuées de pensées d'allumettes réprimées. Les unes après les autres, les réponses apparaissent enfin à l'écran, accompagnée chacune d'un unique clignotement sonore. Trois clignotements pour trois réponses à sa commande de 8 000 pièces. « Allez vous faire foutre » ; « Désolé, cette commande dépasse de loin nos capacités de production » ; et enfin « Pourquoi pas, nous vous offrons un rabais supplémentaire à partir de 10 000 ». Edwin ne répond qu'au dernier message, positivement. Les modèles sont vite choisis, des formes en escargot, en figures janus, en hameçon, en personnages mythologiques ou bien simples larmes oblongues. En termes vernaculaires ancestraux : *peka peka, koropepe, hei matau, hei tiki* et *kuru*. Les variétés de jades également, vert plus ou moins clair, plus ou moins translucide, laiteux ou moucheté. Tout partira par fret aérien. C'est plus cher mais plus rapide.

Une pression sur la touche dédiée lance définitivement la commande. Edwin n'effectue aucune vérification quant à son fournisseur, ordonne le virement d'une partie de la somme, puis seulement réfléchit à l'écoulement futur de sa marchandise. Il s'aperçoit qu'il reste à démarcher des chaînes de magasins qui pourraient vendre ce précieux artisanat. L'horizon s'obscurcit, un peu comme une brume tombe, remplit une vallée en quelques secondes, question de pression. On n'y voit plus grand-chose, il faut s'arrêter sur le bas-côté et attendre avant de reprendre la route. Edwin a tout le temps, mais l'impatience est là qui le houspille. Lève-toi! Lève-toi, que diable! Edwin se demande s'il n'a pas un problème avec le terme, court, moyen autant que long. Il juge que non, tout cela lui laisse loisir de retrouver le tableau neigeux qui l'obsède. Il envoie promener l'impatience.

Toujours hanté de près par son tableau, dont la neige semble notoirement ankyloser ses pensées, Edwin a même omis de se faire envoyer des échantillons en express, ce qui lui aurait permis de vérifier la qualité et commencer le démarchage clientèle. Il éteint l'ordinateur, sort prendre l'air sur le balcon bruyant et rentre se recoucher, il est tard à nouveau.

16

Le jour de sortie du magazine, de Hong Kong Edgar appelle Edwin, et Denise, Foxtrot. Le premier dit au second comme c'est drôle, pas vrai, de voir dans les pages d'un magazine un lieu privé qu'on a soi-même visité ; la troisième au quatrième que quand même, il aurait pu la prévenir, c'est quand même chez elle aussi. Le second répond au premier d'une voix distraite qu'il a d'autres choses à faire, le quatrième à la troisième sur un ton mal assuré qu'elle sait très bien qu'elle aurait refusé, et qu'aux dernières nouvelles, elle ne lisait pas ce genre de torchon.

Edwin n'a pas encore acheté le magazine, mais c'est d'accord, il va descendre au kiosque. Oui, tout de suite, si Edgar veut. Le portable collé à l'oreille, il prend sa veste de sa main libre, claque la porte. Sans prendre le temps de remonter, il s'installe sur un banc dans le froid, ajuste le magazine qui s'obstine à glisser de ses genoux, le feuillette enfin pour trouver les pages consacrées au penthouse de Manchester. Il n'y voit rien de particulièrement drôle. Les images lui remettent en mémoire le souvenir des lieux. Mais au lieu des pièces, de leurs meubles et décorations, ses yeux cherchent au-delà de la baie vitrée la cohorte d'hommes ponctuée d'éléphants marchant dans la neige, sur la crête. Il remet le sujet sur la table, dans le téléphone, tu sais, le tableau neigeux dont je t'ai parlé. La petite fierté d'Edgar se recroqueville, et lui-même se demande s'il ne devrait pas prendre le premier avion pour Paris. Comme pour désamorcer cette interrogation, Edwin embraye sur son projet. En ce moment même, un conteneur entier d'objets en jade est préparé de l'autre côté de la planète. D'ici deux jours, il ira le chercher à la douane, Edgar pourra l'aider pour la suite s'il a envie. Edgar veut bien. Il félicite Edwin, bravo, c'est une super idée, même s'il transparaît dans sa voix qu'il en doute un peu.

Edgar s'efforce d'être heureux pour Edwin, tandis que de la même ville, Denise est furieuse envers Foxtrot. Elle houspille son mari tant qu'elle peut. Foxtrot a ce qu'il voulait. Au lieu d'en être satisfait, il se rabougrit, à Manchester, dans le fauteuil en rotin où il s'assied et s'enfonce. Mais je ne pensais vraiment pas que, et puis ce n'est pas si grave. Foxtrot avait oublié à quel point il est sensible aux colères de sa femme, quand bien même il ne les a jamais subies, seulement imaginées, entendu colportées. Il en est attendri autant qu'effrayé. Pris de court par sa propre réaction, il change de sujet, brutalement, sponta-nément. Si tu veux apprendre quelque chose de plus sérieux, un tableau a disparu lors de la prise de vue. C'est le bouquet! Denise s'emporte un peu davantage, jure en faisant de grands gestes, elle aussi assise à présent mais le dos bien droit. Elle dit qu'elle prend le premier avion. Il faut vraiment tout faire dans cette maison. Foxtrot pourrait lui dire que Boniface et lui-même ont les choses en main, mais préfère se taire et laisser venir Denise. Il se redresse dans son fauteuil et regarde au loin par la baie, le ciel blanc, le cœur un peu battant.

17

Boniface est persuadé que le tableau neigeux est un code pour désigner le F601. De quoi Foxtrot n'est pas si sûr. Lorsque son majordome propose de se rendre lui-même à Paris pour régler au plus vite la question, Foxtrot hésite. Il se lève, va se remplir un verre d'eau froide à l'évier chromé, qu'il apporte avec lui au plus près de la baie. Dehors la brume traînasse, blanche et paresseuse, occultant les bâtiments du lointain. Il ne voit pas de procession en haut d'une crête, mais se dit que cet Edwin a très bien pu, lui. On voit ce qu'on veut dans cette purée de pois. Attendons encore un peu. Ne nous précipitons pas. Et puis Denise va arriver sous peu. Je voudrais la consulter avant d'agir. Bien Monsieur, répond Boniface, déjà en chemin pour préparer le lit de Madame.

Dans l'attente de l'atterrissage, Foxtrot retourne au pub, à Sherry. Il ne lui a jamais parlé de sa vie. Il s'ouvre un peu à elle ce jour là, ma femme arrive, et je ne sais pas quoi en penser. Sherry arbore une mine perplexe. Tu n'as pas l'air réjoui. Si, je le suis, et c'est bien ce qui m'étonne. En même temps, il la craint un peu. Il ne la connaît pas très bien, au fond, mais il croit qu'il l'aimerait, maintenant. La nature optimiste de Sherry se manifeste, elle raconte plusieurs anecdotes d'amours déçues puis ravivées, elle ne doute pas que tout va très bien se passer.

Un an que Denise n'est pas repassée par Manchester. Ses activités ne l'y poussent pas. Elle est plutôt satisfaite d'avoir un bon prétexte pour venir. Elle sent d'habitude Foxtrot si indifférent à elle qu'il ne lui en procure pas. Il reste impavide à son arrivée comme à son départ. Le plus souvent, il file au pub retrouver cette Sherry gouailleuse et pulpeuse, que Denise connaît à peine, assez croit-elle pour déterminer que cette traînée lui fait du gringue. Avant de sonner, Denise fronce les sourcils, s'efforce un peu de faire monter, remonter une mauvaise humeur qui renâcle. Boniface, main sur la poignée, s'écartant de l'encadrement est tel qu'en lui-même, visage ovale et poupon en haut d'un corps en fil de fer. À cinquante ans bien tassés, il en paraît toujours trente. Et Foxtrot, Henri Foxtrot, qui pour une fois vient l'accueillir sur le seuil, s'approche pour lui apposer une bise sur la joue comme jamais il n'a fait depuis leur mariage. Denise s'entend prononcer ce qui ressemble à des excuses : tu n'as pas besoin de te faire pardonner pour le magazine, tu ne pouvais pas savoir que je lisais parfois ce genre de publication. Enfin, passons au tableau. Lequel ont-ils pris ? Foxtrot lui propose de se défaire et lui indique un siège dans le boudoir.

C'est le F601, le tableau F601. Denise n'est pas avancée de détenir cette information, car le classement a été instauré par Foxtrot pour des œuvres qu'il achète seul depuis leur mariage. Les Foxtrot ont fait vie et lit à part, leurs collections respectives se sont construites sur le même mode.

18

En attendant que le précieux chargement vert arrive et prenne éventuellement possession de son esprit, le tableau neigeux persiste à obnubiler Edwin. Il n'y voit pas encore le signe d'un danger pour sa psyché, malgré quoi il aimerait trouver une réponse dans un laps assez rapide. Il sent que cela pourrait finir par une envie de brasier. L'appartement d'Edgar a l'air bien sec, le sel dans son flacon ne colle pas, il y a des allumettes dans le placard au-dessus des plaques, qui sont alimentées au gaz de ville. Edwin a par ailleurs arrêté ses médications au départ de Migaud. Il pose la boîte d'allumettes à côté de l'évier, l'observe, en sort une tige de bois de peuplier à l'extrémité rouge. Grattée contre la paroi latérale de la boîte, la tige s'enflamme, de bleu et d'orange luit. Les yeux d'Edwin s'écarquillent, il sent sourdre l'envie d'essaimer les autres tiges, de laisser leur feu mordre au hasard des matières. Perdu à cette pensée, Edwin sent la chaleur atteindre ses doigts, lâche l'allumette quasiment consumée dans l'évier. Sortir, la meilleure chose à faire.

La *rue Mazarine*, puis le *quai Malaquais*, la galerie au coin de la *rue Bonaparte*, à nouveau. Les talons claquant sur le sol depuis le fond du couloir sombre. Une robe noire cette fois. Blandine Brik ne pensait pas qu'il reviendrait si vite. Que peut-elle pour lui aujourd'hui ? Elle pose la main, au bout de son bras nu étendu, sur la paroi du tombeau en pierre vide. Edwin demande si elle est toujours prête à lui donner l'adresse d'un expert. Toujours prête. Blandine se croit drôle en portant l'index et le majeur joints sur sa tempe telle une cheftaine scoute, avant de rougir devant l'impassibilité d'Edwin. Elle va lui chercher ça, elle revient, dit-elle. Elle s'éloigne d'un pas rapide et un peu embarrassé puis, au milieu du couloir, se retourne d'un vif coup de reins, les cheveux en retard, en inertie. Réapparaissant dans la salle du tombeau, elle propose à Edwin quelque chose. Voulez-vous venir avec moi ce soir, je dois passer à un vernissage ? Après, vous m'inviterez à manger. Si nous avons faim. Et demain, je vous donnerai les coordonnées de l'expert. Qu'en dites-vous ? Edwin en dit qu'il n'en sait rien, qu'il voudrait d'abord préciser sa demande. En fait, il ne cherche pas un expert en art primitif flamand, mais plutôt quelqu'un qui s'y connaîtrait en tableau neigeux. Blandine est surprise, il faudrait qu'elle en sache davantage. Ils en parleront ce soir, à dix-neuf heures.

D'ici là, les quartiers sont libres pour Edwin, qui n'a rien à faire de précis. Il pourrait recontacter d'anciennes connaissances, mais il ne les connaît plus, et elles ne le reconnaîtraient probablement pas. Il déambule alors dans des rues, celle *de Beaune, de Lille, des Saints-Pères.* S'achète au passage un costume prêt-à-porter gris et une paire de chaussures noires qui viennent avantageusement remplacer sa veste froissée et ses souliers usés de sept ans d'âge. L'eau de parfum d'Edgar est plutôt agréable, comme le bain précédant l'aspergement par vaporisateur. Edwin sourit dans le miroir, il fait nuit, et on distingue moins la neige de nuit, il est un peu plus tranquille pour quelques heures, pense-t-il.

19

F601. *Vierge dite «au chien et au chat»*. Artiste anonyme. École de Bruges. Probablement entre 1430 et 1450. Peinture à l'huile sur toile contrecollée sur panneau de peuplier.

Dimensions: 15 cm x 11,5 cm.

Provenance: Comte de Prespant (1402-1457), Province de Flandres, Ancien Pays-Bas, puis par descendance sur huit générations; collection privée inconnue, Pays-Bas; collection Jan Van de Velde, artiste belge (1845-1917); collection Charles Priot, banquier et mécène français (1885-1960); collection Martin Faber, marchand d'art français (1890-1969).

Description: Représentation de la Vierge dans un intérieur flamand, probablement à Bruges à en juger par les flèches d'églises et le beffroi visibles de la fenêtre ouverte. La Vierge est vêtue d'une longue et ample robe verte dissimulant son siège et recouvrant les tommettes rouges autour d'elle. Derrière elle, une cheminée où rougeoient des bûches entamées, des étagères où sont posés deux ouvrages indéfinis, une patère où pend un tisonnier et une fenêtre ouverte sur la ville. Les vitraux de la fenêtre sont aux armes de la famille de Prespant — crâne de cerf mal semé à sept cors sur fond bleu et jaune. À noter de part et d'autre de l'âtre un chien et un chat minuscules, symboles respectivement de la fidélité et de la tromperie dans la peinture de l'époque. La coprésence d'un félidé et d'un canidé est excessivement rare et pourrait représenter la dualité de l'esprit humain.

Le style rappelle fortement celui de Van Eyck (vers 1390-1441). L'auteur de l'œuvre pourrait être un élève ou disciple très talentueux du maître, ou bien encore un maître inconnu. Le travail relève en tous les cas du sublime.

Date d'acquisition : Vente aux enchères non cataloguée du 19 juin 1971, hôtel des ventes de Morlaix, France, maître Jean Bivouac, assisté de Jean Bruat, expert.

Prix d'achat : 5 000 francs français au marteau, 18 % de taxe, soit 5 900 FF.

Notes : La pièce est apparue dans la vente de Morlaix sans provenance directe. Par ailleurs, aucun expert ni spécialiste du domaine ne semble s'être intéressé à cette vente. Certains ont pu penser que l'œuvre était une copie, alors qu'il s'agit indubitablement de la véritable *Vierge au chien et au chat*.

Suit, dans le catalogue numérique mis en pages par Boniface, une reproduction de l'œuvre. Denise découvre une image similaire à la petite icône qu'elle a contemplée sur son propre écran, il y a quelques jours à Hong Kong, de qualité autrement meilleure. Les couleurs sont éclatantes. Le F601 est le joyau potentiel de sa collection consacrée à la Renaissance flamande en peinture, entamée en 1987 et considérée comme achevée six ans plus tard. Elle n'en revient pas. Elle ne l'avait jamais remarquée sur son mur. L'excitation imprime un rythme effréné à son cœur. Son sang afflue vers son visage, une légère couche de transpiration invisible se forme sur sa nuque. Elle a soif. Elle voudrait demander un verre d'eau tiède à Boniface, qui en tient sûrement prête. Elle s'abstient. Redoutant son éruption, n'osant tourner le regard vers elle, Boniface et Foxtrot ne perçoivent pas que le sang qui colore son visage est d'enthousiasme et non pas de fureur. Denise est sanguine, et non pas bilieuse.

Elle s'efforce de revenir à des considérations plus pratiques. Combien étaient-ils ? Deux ? Cela ne doit pas être si compliqué de leur mettre le grappin dessus. Il faut vraiment tout faire dans cette maison. Denise est repartie de plus belle, son invective par téléphone de l'autre côté de la planète n'était rien. Là, en présence, elle est autrement plus impressionnante. Ses habitudes véhémentes reviennent. Les deux hommes se tiennent la tête baissée. Denise s'entendant hurler cesse, en pensée tend la main vers le visage d'Henri. Elle n'a pas envie de crier. Sa voix se radoucit, elle dit qu'on va y arriver. Foxtrot se risque alors à lui expliquer qu'ils ne sont pas restés les bras ballants, comment ils s'y sont pris, comme ça avance. Boniface, montrez-lui.

Boniface montre, et en conclusion propose une nouvelle fois de se rendre sur place, se faisant fort de ne pas revenir les mains vides. Denise lui demande d'abord d'aller lui chercher son verre d'eau, bien que sa température corporelle soit redescendue. Elle est presque fière de leurs initiatives plutôt malignes. Seule avec Foxtrot, elle expose la façon dont elle voit les choses. Envoyons-le à Paris, en repérage. On avisera ensuite. Qu'en penses-tu? Je pense comme toi, je pense que cette situation est piquante, et que c'est assez plaisant, non? Le regard de Foxtrot brille timidement, et Denise aime. Au retour de Boniface, elle laisse à son mari le soin de donner les directives. Le majordome est déçu de la simple filature ordonnée. Trop dévoué pour s'insurger, il ira, avant quoi il réexplique plus précisément le fonctionnement du système à ses employeurs. Les Foxtrot prennent des notes comme deux enfants avides et heureux, concentrés mais pas loin d'être excités comme des puces.

20

De la galerie, Edwin et Blandine prennent un taxi vers le quartier du Marais, longeant sur l'autre rive le quai, successivement nommé *du Louvre, de la Mégisserie, de Gesvres* et *de l'Hôtel-de-Ville*, pour ensuite emprunter la *rue de Lobau* devenant celle *des Archives*, prendre à droite celle des *Francs-Bourgeois* puis à gauche par *Elzévir* et *Thorigny*. Edwin ne s'ennuie pas au vernissage du *7 rue Debelleyme*, c'est simplement que les œuvres dévoilées — des chouettes géantes en céramique — sont trop éloignées de tout aplat blanc piqueté de petites formes noires. La neige luit la nuit si la lune est pleine, ce dont Edwin s'est aperçu en sortant de chez Edgar. Son tableau ne l'aura pas quitté bien longtemps. Au restaurant, *28 rue Vieille-du-Temple*, il s'efforce d'écouter Blandine sans l'importuner avec son obsession, et la bombarde de questions. Elle n'en a pas besoin pour parler et parler encore, mais les allers-retours de parole aident Edwin à s'insérer tout entier dans l'échange. Les bougies flamboyantes de la table à treize heures dans son champ de vision suscitent par intermittence en lui des idées mauvaises, qui s'effacent à mesure qu'il est bercé par la voix de sa convive. Il l'entend mieux à présent, elle est douce et bonne à son oreille, à son corps entier.

Blandine a décrit en un menu succinct sa vie jusqu'ici, entre son intérêt prononcé pour la Haute Époque, la danse contemporaine, la musique pop des années quatre-vingt et la lecture de romans, français et kirghizes, donc surtout français. Des études, des vacances, des sorties, des rentrées, et maintenant une vie plutôt active. L'avenir ne l'inquiète pas, le temps n'est pas un ennemi, ou pas encore. Le sérieux d'Edwin l'attire, elle le lui a dit, en rougissant presque, après quoi son embarras s'est envolé dans une pirouette rieuse. Avec Blandine, Edwin s'allège. Il ne veut plus gratter d'allumettes ce soir, la neige fondra autrement, ou ne fondra pas, il s'en fiche un peu. Ce qui ne l'a pas empêché de décrire le tableau, ou plutôt l'image, le souvenir de tableau qui le poursuit. Les hommes à la file, et les éléphants, tous tout petits, tout noirs, tout en haut. Blandine écoute attentivement mais ne voit pas du tout de quoi il pourrait s'agir, pas la moindre idée. Quant à l'autre peinture, la petite, Edwin l'élude, ce n'est pas important, elle lui rappelle surtout le tableau neigeux quand il la sent dans sa poche.

C'est Blandine qui suggère un dernier verre. Chez elle, non loin de la galerie qui l'emploie. On y va d'office à pied, ce qui permettra de prendre l'air en passant. Edwin n'a plus de notion de cette ville qu'il a connue dans son jeune âge. Hormis les grandes artères, les rues sont rarement longues et droites. Au bout de la rue *Vieille-du-Temple*, il faut légèrement se décaler pour s'embrancher sur celle du *Pont-Louis-Philippe*, pont subséquemment franchi pour accéder au *quai de Bourbon* sur l'île Saint-Louis. Arrivé à quoi Blandine, que l'air ne dégrise pas un instant, s'accorde à faire au plus simple, pour elle autant que pour l'homme qu'elle ramène chez elle. On prend à contresens de la circulation le *quai de Bourbon*, pour couper par la *rue des Deux-Ponts* scindant l'île, reprendre un nouveau pont, *des Tournelles*, puis le *quai* du même nom, ceux de *Montebello*, *Saint-Michel*, *Grands-Augustins*, et enfin des reconnus *Malaquais* et *Voltaire*. Edwin est encore moins gris qu'au sortir du restaurant. Au pied de l'immeuble, *27 rue de Beaune*, Blandine insiste pour être embrassée devant la porte cochère entrouverte, relevant un talon vers l'arrière, pour en rire. Elle en rit bruyamment, Edwin en sourit, sans se forcer. L'appartement est plutôt petit, ce que lui promettaient le salaire et le quartier, s'esclaffe Blandine en se dévêtant. D'abord son manteau. Elle a bien bu, rit sans cesse et sans plaisanterie au milieu du silence. Elle tourne autour d'Edwin, le caresse de ses mains, de ses cheveux. Elle se laisse aller, enjoint Edwin de l'imiter. Edwin ne veut pas la caresser lui aussi de sa tête, mais ses mains s'animent sur elle sans qu'il ait besoin de les commander. Il n'avait plus touché de femme depuis Emma. Les sensations reviennent vite. Les boutons des chemises sortent un à un de leurs petits trous. Serrés l'un contre l'autre, par petits pas désordonnés ils rejoignent le lit dans la chambre. Encore debout, Edwin glisse la main droite dans la culotte de Blandine, qui ne rit plus que doucement, puis plus du tout. Elle inspire plus profondément, prend la tête devant elle à pleines mains, la couvre de petits baisers qu'elle clairsème sur le visage. Une fois le bas de leurs corps dénudé, ils s'amusent à rester raides pour basculer à angle parfaitement droit sur le lit, où ils rebondissent, une fois.

Ils sont encore à se caresser tout le corps que, d'un coup, Edwin dresse la tête en signe d'*eurêka*, les yeux s'écarquillant comme des soucoupes, et dans un murmure prononce trois syllabes, en appuyant sur la dernière : « Hannibal. » Il interrompt sa gestuelle, répète le mot, que Blandine comprend mal, croyant à un jeu, oui, tu es un animal, ce soir nous sommes des animaux. Elle grogne et monte lui croquer gentiment l'oreille. Edwin se laisse faire, avant de se promettre de ne pas oublier son illumination d'ici au petit matin et de plonger en Blandine. Il fait froid là-haut, la neige ne risque pas de fondre en quelques heures.

21

Les tartines sont grillées à point, il y a du beurre et de la confiture, mais pas de miel. Edwin a mangé des tartines beurrées au miel pendant sept ans, mais les efforts ne sont pas colossaux, la confiture passe très bien, à la fraise elle est plutôt bonne. Blandine est assise en face de lui, se relève à trois reprises, pour ouvrir le frigo et en sortir le lait qu'elle a oublié, retirer la cafetière italienne du feu, apporter la deuxième fournée de pain grillé sur la table. Comme Emma dans les premiers temps, elle a revêtu la chemise d'Edwin, laissée ouverte sur ses seins. La confiture se répand bientôt autour de leurs lèvres respectives. Blandine se lève une quatrième fois, pour lécher les commissures d'Edwin. Nous sommes vraiment des animaux, assène-t-elle dans un sourire gourmand. Elle veut aussitôt reprendre la danse des ébats, Edwin pas. Peut-être plus tard.

Les tartines craquent sous les dents, pendant quoi Edwin cherche, comme incessamment depuis son réveil, le nom de son professeur d'histoire-géographie de classe de seconde.

Il se rappelle que c'est cet homme, le premier et le seul, qui a pu lui parler d'Hannibal, unique figure historique à s'être installée durablement dans sa mémoire à l'époque de sa scolarité, entourée d'un océan de blancs. Peut-être cet enseignant saura-t-il, à propos du tableau, peut-être est-ce lui qui a montré à la classe une illustration du plus haut fait du légendaire stratège. Plus Edwin réfléchit, plus il mâche lentement. Son regard est perdu dans le sondage de ses faibles réminiscences du temps du lycée. Lassée de la chose, Blandine se relève une énième fois, allume le poste de radio, passe d'une station d'informations qu'elle ne veut pas écouter à une autre diffusant de la musique de variétés, l'époque de ses quinze ans. Elle fredonne en souriant, dodeline un moment avant de relancer Edwin sur son petit tableau. Il n'a pas l'air très intéressé par ce qu'il détient en permanence dans sa poche. Pour ce qu'elle en sait, l'œuvre pourrait être importante. Si l'envie lui prend d'en savoir davantage, il pourra aller voir l'expert. Mais zut, Blandine ne retrouve pas son nom. Attends, je vais le chercher dans mon répertoire.

Cependant Edwin rafraîchit en lui-même le maigre savoir retenu à propos d'Hannibal, dans l'espoir que le nom du professeur en remontera. Ledit savoir tient en quelques phrases. Hannibal fut un génie militaire à la tête des armées de Carthage, une ville aujourd'hui située en Tunisie d'après Edwin, rivale de la Rome antique qu'elle a fait chanceler. Hannibal pour aller terrasser ses ennemis sur leur terri-toire a franchi les Alpes lors d'un hiver. Une prouesse à l'époque, qui a traversé les âges comme telle. Des hommes et quelques éléphants qui ont remporté d'innombrables batailles mais sont restés dans l'histoire pour avoir passé des cols. C'est une poignée d'entre eux sûrement qu'Edwin voit sur la crête, dans le blanc là-haut.

M. Benningson! crie Blandine de la chambre. M. Benningson, expert en peinture primitive flamande! Seul dans la cuisine, Edwin répète le nom de M. Benningson. Celui de son professeur. Puis il ajoute, sans hausser la voix, qu'auparavant cet homme a enseigné l'histoire-géographie dans le secondaire. Au retour de Blandine, qui n'a pas entendu la première carrière de l'expert, Edwin, affamé de chair tout à coup, se lève en ouvrant les mains comme des griffes. Il murmure que les animaux mangeant avec des couverts dans des assiettes sont malgré tout indomptés et se jette sur Blandine en rugissant pour la faire rire dans ses bras.

22

Boniface est un homme dévoué. Il est au service de Foxtrot depuis trente ans. Jamais un retard, jamais un mot plus haut que l'autre, une bienveillance hors du commun. Bien que grassement rémunéré, les vertus dont il fait preuve ont peu à voir avec la motivation financière. Boniface a toujours été irréprochable, quel que soit le domaine, c'est une nature. Son départ pour Paris est une première, il ne s'est jamais éloigné de Foxtrot plus de deux jours. Deux jours il y a cinq ans, pour la mort de sa mère, dans le Devonshire. Éternelle francophile, c'est elle la responsable de son prénom qu'il aurait bien échangé contre un autre. Boniface n'aime pas beaucoup les amateurs de grenouilles, ce qui ne l'empêche pas de porter un respect infini à son employeur. Et puis Monsieur a des ancêtres d'Albion. Bien qu'il ne lui ait jamais posé la question, son patronyme rend la chose indubitable. Monsieur est généreux, élégant, un peu triste, c'est un homme de goût qui a connu, qui a fait la guerre, dont Boniface se demande parfois s'il est jamais vraiment revenu. Cela doit vous changer un homme, la guerre. C'est peut-être elle qui a fait de lui un homme si proche de ses mots. Il dit tout cela parfois à Sherry lorsqu'il descend prendre une bière le dimanche soir, après le coucher de Foxtrot. Sherry lui répond que son patron est un brave type, et même plus, même mieux, mais que tout de même, à cinquante ans passés, il serait peut-être temps que lui, Boniface, se trouve une petite femme, non ? Une rousse, elle le verrait bien avec une rousse, ajoute-t-elle en s'éloignant pour essuyer des verres.

Boniface est soigné en toutes choses. Son bagage est ordonné, le vol réservé bien à l'avance. Les repas des Foxtrot sont prêts pour la semaine. Dans le frigo, chaque plat assorti d'un jumeau porte un numéro. En ressort une certaine maniaquerie plutôt incommodante aux yeux de la maîtresse de maison. Les remarques sont sibyllines envers Boniface, qui encaisse comme un boxeur, un boxeur dont le corps filiforme ne correspond à aucune catégorie. Ils ne se sont jamais très bien entendus. Boniface est loin de penser du mal de Madame, il lui confère simplement une certaine atrabilarité passagère et parfois pesante.

Boniface ne fait rien à moitié. Les quelques éléments de la vie sur quoi il pose sa volonté sont sans cesse pratiqués et parachevés jusqu'à la plus grande maîtrise. Hormis la cuisine et l'informatique, puisqu'il collectionne en secret les clés anciennes, il fait montre d'une connaissance aiguë du monde de la serrurerie. À peine déposés ses bagages à l'hôtel rue Saint-Benoît, il se rend au numéro 7 de la rue

Mazarine. Edgar encore en Asie et Edwin gaudriolant chez Blandine, il a tout le temps de monter étudier la porte, bien indiquée par un autocollant imprimé jouxtant la sonnette, au cinquième étage. Blindée, cinq points, barre de seuil et cornières antipinces. La clé à douze paires de goupilles donnera un peu de travail, un peu seulement pour Boniface, qui en un rien de temps prend l'empreinte et part se mettre à l'œuvre dans sa chambre où l'attendent quelques clémentines et des bananes, comme il en avait fait la demande. Il n'a pas mentionné la possibilité de l'effraction à Monsieur et Madame, jugeant leurs retrouvailles étonnamment effusionnelles. Il s'est contenté d'emporter son matériel avec lui. Dès demain, tout sera prêt, au cas où. Boniface aimerait bien en finir assez vite, il n'a pas l'habitude de laisser Monsieur seul très longtemps, sans compter l'influence de Madame, dont il doute du caractère bonifiant. Monsieur a l'air revigoré par cette histoire de vol, Boniface ne voudrait pas voir ce retour de santé prendre un tour fâcheux.

23

Quelques rochers seulement affleurent. Le blizzard fait virevolter les tombereaux de flocons, qui semblent ne jamais se poser. Quand cela se fait, il est impossible de s'en rendre compte tant il en renaît davantage. Ils apparaissent de nulle part, d'un ciel blanc placé partout, enrobant l'air entier autour de soi. Les milliers de foulées de la troupe en file indienne dament la neige au sol, la rendant glissante d'autant. Les pachydermes instables sur l'étroite cordillère progressent lentement, à chaque pas hésitent à faire le suivant. Le parcours parfois oblige à descendre sur des corniches, le long desquelles d'invisibles crevasses attendent patiemment d'être remplies de chair blessée dans la chute imprévue. Les éclaireurs savent qu'ils se sacrifient les uns après les autres pour le restant des hommes. Une de leurs vies en vaut cent, en vaut mille. On contemplera plus tard l'exploit. D'ici là, on le vit, on ne pense qu'à fixer le soldat devant soi, silhouette mal dessinée bien que toute proche, à distance d'un bras. Si elle s'effondre, il faudra l'enjamber. Si elle disparaît subitement, il faudra s'arrêter net et se retourner tout aussi subitement pour que s'arrête aussi la colonne, pour éviter de sombrer soi-même, poussé par l'inertie du groupe aveugle. Il faudra ensuite contourner le trou, se coller à la paroi, sans glisser. Et continuer. Il y a sûrement des chevaux également, quoiqu'on n'en distingue pas sur le tableau. Ou alors ils sont tellement rabougris qu'ils passent pour des hommes d'une corpulence inouïe. Et des charrettes, forcément, dont nombre sont déjà perdues, abandonnées devant quelque goulot trop étroit, tout juste assez large pour les éléphants, dont les flancs frottent contre les parois de pierre. Les pachydermes barrissent alors d'une douleur exacerbée par les cristaux gelés écorchant comme du verre leur peau pourtant si épaisse. Les hommes dans la neige font l'expérience d'une vie. Ils ont combattu et combattront encore, mais ce face-à-face est unique. La violence de l'ennemi, ce froid armé, est insurpassable. Ceux qui tombent ne se relèvent pas. Ils sont achevés sans blessure, le sang ne coule pas. Les armes du froid ne sont pas tranchantes, elles étreignent et endorment à jamais. Mais les plus vaillants marchent encore, ils marchent autant pour triompher de l'adversité présente et à venir que pour éconduire la mort qui les guette.

Edwin rêve la nuit du tableau neigeux, et aussi le jour. Où qu'il soit, la scène devant lui s'anime, dans toute son ampleur à présent. Il la voit sous tous les angles, il la survole en rapace aguerri. Il se sent parcouru d'extraits de douleur et d'abnégation, tous les nerfs du corps sollicités alors, comme s'il vivait un peu le calvaire de ces hommes et de ces animaux. La fascination est telle que le froid le chatouille vivement à toute heure et en toute condition. Il en a les mains glacées. Au lit même, sous la couette, les frissons l'atteignent, que Blandine prend pour des manifestations de plaisir. Ce qu'ils sont, en quelque sorte.

24

Parmi les centaines d'élèves qu'il a tenté d'élever, M. Benningson n'a pas retenu le nom d'Edwin. Rien d'étonnant à cela, puisque Edwin n'a jamais vraiment brillé, traversant sa scolarité telle une ombre. M. Benningson n'a pourtant pas démérité, emporté par sa discipline double — l'histoire et la géographie — qui le fit chevaucher fièrement dans les livres par tous les endroits du globe à toutes les époques du temps pour en délivrer les fondamentaux en paroles dans des salles de classe assez peu concernées par les questions abordées, quelles qu'elles soient. Afin d'éviter que la motivation minimale de ses élèves, leur avachissement et leurs regards bovins n'entravent son enthousiasme, il déclamait toujours son cours les yeux sur la ligne d'horizon, à savoir le mur anciennement blanc des salles du lycée. Pour lui toutefois, ce mur ne constituait pas une barrière, au contraire, il tenait plutôt lieu d'écran vierge sur lequel pouvaient se projeter tous les événements de tous les endroits du monde. M. Benningson est toujours passé pour un être un peu extravagant, auprès de ses élèves comme de ses collègues.

Il a toujours vécu seul, longtemps dans un studio moderne avant d'investir l'appartement ancien de ses parents décédés, six pièces déjà héritées dont il a hérité à son tour. C'était et cela demeure la seule richesse patrimoniale de cette famille, qui s'éteindra bientôt. M. Benningson certains jours s'en attriste quand à d'autres il n'y prête guère attention. L'art et son histoire se perpétueront avec ou sans descendance de sa part.

M. Benningson n'a pas tellement changé. La barbe est toujours là, qui était déjà poivre et sel une quinzaine d'années auparavant. Le dos voûté, la voix grave, les pellicules décorant le col, tout est peu ou prou identique. Les années se trahissent tout juste par la démarche et le débit ralentis. Et encore M. Benningson retrouve-t-il sa vivacité à la venue d'un engouement. Le monde est petit, n'est-ce pas ? Il faut croire, monsieur, répond Edwin. Allons, pas de monsieur avec M. Benningson, qui enjoint impérativement Edwin de l'appeler Robert, ce à quoi Edwin ne parvient pas. De l'appartement aucun pan de mur n'est visible, tous étant tapissés de livres du sol au plafond. Parfois sur deux rangées, l'une dissimulant l'autre comme un matériau isolant. M. Benningson souligne qu'une telle disposition lui épargne de conséquents frais de chauffage. La retraite d'enseignant est maigre, les marchands et les musées d'incorrigibles radins. Il ajoute qu'il ne faut pas le prendre mal, qu'il fut très heureux d'enseigner mais plus heureux encore d'arrêter. Les jeunes sont insupportables, vous savez. Edwin ne le prend pas mal, et il se doute que les hordes d'immatures sont souvent peu portées sur les Primitifs Flamands, la grande passion dont M. Benningson a fini par faire profession. Edwin a tout à fait raison, M. Benninsgon acquiesce comme s'il entendait une vérité clamée à la cantonade enfin reconnue et partagée. Ses yeux brillent, il est prêt à voir le tableau évoqué par téléphone. Une petite toile marouflée sur bois, m'avez-vous dit?

25

Intéressant. Puis-je vous demander d'où vous tenez ce tableau ? Non, Edwin n'a pas envie de s'étendre sur cette pièce que M. Benningson a reconnue dès le premier regard tant elle relève de l'évidence pour un connaisseur. Il vient de passer trois longues minutes à examiner le petit tableau où trône toujours la femme dans son intérieur, devant la cheminée. Edwin a d'abord été surpris de la revoir tant il a assimilé le petit rectangle au grand tableau neigeux, qu'il voudrait bien mettre sur la table. Il attend le bon moment, regarde son ancien professeur tourner le rectangle dans tous les sens, faire varier la lumière de sa lampe de bureau, approcher son visage tout près de la peinture, plaçant entre elle et lui une loupe miniature. Les minutes s'allongent. Aux trois premières, quatre s'ajoutent. Les mains d'Edwin commencent à le démanger. Le professeur ne fumant pas, il se demande où est située la cuisine, il s'y trouve forcément des allumettes.

M. Benningson en est à faire des ronds persistants avec sa bouche quand Edwin sent l'impatience le submerger. Les yeux du professeur, aussi ronds que sa bouche, vont et viennent de la toile à Edwin et d'Edwin à la toile, exprimant une jubilation devant le prodige, expression verbalisée quelques longues secondes plus tard, comme l'enthousiasme agité l'emporte. Ce tableau, mon Dieu, ce tableau! M. Benningson s'apprête à s'emballer, moteur ronflant, qu'Edwin coupe en parlant du sien, de tableau, il veut dire son tableau neigeux, il faut qu'il en parle, seul d'abord, pour qu'ensuite ils en parlent ensemble. Élan coupé, M. Benningson veut bien écouter, bien sûr. Alors voilà. Et Edwin de raconter l'image qui l'habite. Et puis Hannibal aussi. M. Benningson se souvient-il de son cours sur Hannibal? A-t-il à cette occasion mentionné quelque scène peinte? L'a-t-il décrite? S'est-il attardé sur sa repro-duction dans un manuel? L'emballement a changé de camp. M. Benninsgon y répond avec flegme: non. Non, il n'a pas le souvenir d'avoir développé de cours sur les guerres puniques. Edwin estime que c'est impossible. M. Benningson juge le contraire. Edwin renfile son manteau sur-le-champ, il n'a plus rien à faire là.

M. Benningson avant de laisser Edwin redescendre par les escaliers plutôt qu'attendre l'ascenseur le prie de laisser au moins une adresse, un numéro où le joindre. Il ajoute qu'il est désolé pour le tableau neigeux, et surtout que, si Edwin change d'avis pour l'autre, le petit, qu'il n'hésite pas à revenir, quand il veut, absolument quand il veut.

M. Benningson travaille souvent avec des galeries ou des particuliers. Edwin a déjà entamé la descente, il perçoit les derniers mots de loin. Que va-t-il bien pouvoir faire maintenant que la seule possibilité d'élucidation s'est éteinte ?

Du palier d'en dessous, il lance qu'il ne sait pas ce qu'il va faire du petit tableau, il s'en fiche. Il dit que le petit morceau de bois finira peut-être dans une cheminée, ou bien dans la machine à laver le jour où il oubliera de vider les poches de son pantalon. Il sourit à ces deux idées. D'en haut, M. Benninsgon fait miroiter de l'argent, beaucoup, pour les projets futurs d'Edwin, travail, immobilier, famille. Vous n'avez pas de projets, Edwin ?

26

Foxtrot, qui ne connaît pas M. Benningson, est l'objet d'un transport similaire depuis le vol du F601, quoique le sien ait développé une ramification propre. Denise est arrivée sans donner sur le pas de la porte sa date de départ, et il semble qu'ils vont traquer ensemble le brigand. Avant quoi, Boniface envoyé à Paris, ils décident de sortir. Ils se promènent dans les nouveaux et anciens quartiers de la ville, sous la brume et le bleu fugace également. Une ondée est prétexte à une séance de cinéma, dont ils profitent jusqu'au bout du générique. Foxtrot, au bout d'une heure de film, s'est enhardi à prendre la main de Denise, qui s'y est refusée, l'a d'abord retirée. Puis, plus tard, d'elle-même elle a pris cette main qui était restée ouverte, paume vers le haut, pendue sur l'accoudoir au-dessus de son genou.

Foxtrot n'est plus bien certain de vouloir retrouver le tableau au plus vite, pas davantage que Denise, qui propose au détour d'une phrase, à la sortie du cinéma, d'organiser un voyage à Hong Kong. Elle sait que Foxtrot n'aime pas les voyages, mais enfin, s'il avait envie, cela pourrait se faire. Foxtrot ne veut pas répondre oui trop vite, et l'appel de Boniface tombe à point nommé. Boniface dit que Monsieur vient certainement d'entendre que cet Edwin doit se rendre chez un expert, dans une heure à peine. Non, Foxtrot n'a rien entendu sinon les répliques d'un couple d'acteurs chinois, dans un film, qu'il conseille d'ailleurs à Boniface. Le majordome demande à son employeur de le pardonner, mais l'heure est grave et le moment fatidique, à quoi Foxtrot répond qu'il exagère peut-être un peu, non? Foxtrot tient à être tenu au courant, sans que Boniface passe à l'action pour le moment. Vous m'entendez, Boniface, on ne fait rien pour l'instant, on attend. Boniface maugrée que bien Monsieur, il rappellera plus tard. Il est excité comme Foxtrot par toute cette histoire, quoique pas tout à fait pour les mêmes motifs. Il dirait bien qu'il avait raison, que la galerie de cette Blandine Brik était un indice tout à fait probant. Il se contente de préciser que l'expert en question est spécialisé dans les Primitifs, sans que cela ne suscite chez Foxtrot le désir de poursuivre la conversation. Cela devient sacrément excitant, n'est-ce pas, Denise? Denise qui acquiesce en reculant la tête et s'étonnant agréablement d'entendre son mari l'appeler par son prénom, qui en hausse un sourcil sans souligner autrement l'événement. Le couple rentre par le chemin des écoliers, reparlant longuement du film et même volontiers de détails de vie solitaire, des plaisirs du bain pour elle, du musée pour lui. Ils s'échangent des pensées personnelles et de cet échange naissent des moues entendues et indulgentes. Puis c'est au portable de Denise de tintinnabuler, une petite heure plus tard. M. Benninsgon lui apprend la nouvelle qu'elle connaît déjà. Son exaltation douchée, interloqué, M. Benninsgon donne rendez-vous à Maastricht, comme chaque année, n'est-ce pas madame? Il est certain que cela va bouger sur place.

27

Boniface n'en peut plus. Marre de suivre des allées et venues par géolocalisation à partir de téléphones portables. Il passe à l'action. Edwin fourré chez Blandine et Edgar encore à Hong Kong, la voie est libre. La porte est ouverte en un tournemain, l'appartement soigneusement retourné. Les tiroirs des commodes sont sortis, fouillés puis empilés les uns sur les autres, les placards vidés, comme les armoires. Aucune cache ne peut résister à la fouille méthodique de Boniface. Le F601 n'est pas là. S'il y était, il l'aurait trouvé.

Edwin, en rentrant au domicile d'Edgar, pense pour une fois à autre chose qu'au tableau neigeux. Il a parlé à Blandine de sa rencontre avec M. Benningson, de l'ignorance de celui-ci, de son envie de brûler le petit rectangle peint, pour s'en débarrasser peut-être. Puis à nouveau du tableau neigeux, de la procession, des hommes et des animaux en haut, tout en haut, tout petits, tout noirs. Pour le divertir, Blandine s'est enquise des jades, Edwin pourrait aller vérifier aux douanes, ce n'est pas normal que leur arrivée ne lui ait pas été notifiée. Edwin en rentrant pense aux jades et aux douanes. Il se sent d'humeur plutôt apaisée, ces pierres semi-précieuses ne sont pas source d'excitation pour lui. Il se repose d'y penser. Au pire il y perdrait de l'argent. Tout son argent. Au coin de la *rue Jacob* et de la *rue de l'Échaudé*, Edwin est tiré de sa rêverie verte et brillante par la vision d'une silhouette anonyme, qui vient de tourner abruptement vers le boulevard Saint-Germain, le nez sur son téléphone portable. L'homme tenant le téléphone entre dans une galerie de gravures. Edwin jurerait qu'il s'agit du majordome du penthouse de Manchester, ce qui ne le chiffonne pas. Une telle possibilité l'amuse plutôt, et ne le retient pas de replonger dans ses pensées de pierres vertes.

Au bas du numéro 7 de la *rue Mazarine*, il rencontre Edgar et sa valise sortant d'un taxi, revenus à l'improviste. Edwin a sûrement perdu son téléphone, sinon il aurait répondu aux appels ces derniers jours, à moins qu'il évite de décrocher si le numéro s'affichant sur l'écran débute par un indicatif inconnu. Edwin ne relève pas le reproche d'Edgar, ils montent ensemble avec la valise, un peu serrés dans le petit ascenseur. La serrure résiste un peu, comme grippée. Le cambriolage constaté est propre, l'affaire de professionnels dirait-on. Edgar se demande si Edwin a bien fermé en partant. Oui, il a bien fermé, les deux tours de clé en témoignent. Ils s'effondrent tous deux sur le canapé. Edgar se relève pour prendre une bouteille et deux verres, qui attendent devant le bar, bien alignés. Bon, Edgar va appeler la police et les assurances. Il vérifie que ses tirages favoris sont toujours là, prend des photos de l'appartement, comme si la session de travail du jour avait lieu chez lui, dans une mise en scène insolite. Edwin ne bouge pas. Veut-il bien aider Edgar à ranger? Oui, il arrive.

28

Denise a facilement convaincu Henri de laisser place dans ses habitudes monacales à d'autres activités. À quoi elle est aidée par l'ouverture de son mari. D'ordinaire, les journées du vieil homme sont plutôt figées. Le matin est consacré à l'exercice, consistant en séries d'étirements et de tours du pâté d'immeubles, quatre ou cinq, rarement plus. Puis il rentre se doucher et consulter les catalogues de ventes et de galeries. L'après-midi, il est au téléphone en train d'acheter des œuvres ou, le plus souvent, il se rend au musée de la ville. Il n'y a pas beaucoup d'œuvres inoubliables conservées à Manchester, ce qui suffit néanmoins à Foxtrot. Sa fantaisie réside dans l'heure à laquelle il se rend au pub de Sherry. Denise n'aime pas Sherry, qu'elle connaît encore moins que son mari. Une fois ou deux, avant de reprendre l'avion, elle a bu un verre au comptoir de cet établissement. Cette Sherry lui a parlé de son client favori, un adorable petit vieux. Sûrement qu'il était mignon dans sa jeunesse, elle lui a dit, à Denise. Il a l'air grognon comme ça, mais il est sympa, et elle arrive à le faire rire plus souvent qu'il le dit. Il a même accepté de jouer aux fléchettes, une fois, un jour qu'il n'y avait personne. Denise déteste encore cette femme. Une pimbêche pour faire rire Henri.

Mais depuis que Denise est là, Foxtrot n'a pas émis l'envie d'une pinte ou d'un whisky, ou alors à la maison, le soir, avec elle. Ils y boivent un peu trop, quoiqu'il n'y ait pas de références, ils n'avaient jamais bu ensemble auparavant. Leurs relations prénuptiales furent professionnelles, puis de cour à l'ancienne mode, au jardin, en discussions et fleurs arrachées illicitement sur les parterres. Aujourd'hui, Denise l'emmène se baigner sur les rives de l'Irwell. Ils louent une voiture au lieu d'un chauffeur, s'amusent de conduire eux-mêmes après tant d'années passées sur les sièges passagers, s'échangent le volant et les conseils. À la périphérie de la ville, ils se garent et s'immergent. Une fois le corps entré jusqu'aux cuisses, il faut y aller d'un coup. Denise montre l'exemple, sans faire la fière. L'Irwell est plus fraîche que la baie de Kowloon, en février comme en toutes saisons. Chacun est étonné de voir l'autre se plier aussi plaisamment aux frissons, de l'eau et du couple.

Ils se sont éclaboussés entre les exercices de nage, leurs corps déliés comme jamais, comme jamais ils se sont frottés mutuellement au sortir du bain. Une sieste s'est imposée avant le dîner. Au coucher, ils se sont alités dans la chambre d'amis, la seule équipée d'une double couche. Avant de se connaître, ils ont évoqué les semaines à venir, Hong Kong, pourquoi pas, mais n'y fait-il tout de même pas trop humide? Denise a une autre idée. Le Salon européen des Beaux-Arts, en fait le plus grand du monde, qui doit se tenir dans quelque dix jours dans la ville de Maastricht, aux Pays-Bas. Ils pourraient y aller en train. Le train permet de mieux vivre le temps qui passe, celui qui reste. Pourquoi pas.

Le lendemain, Boniface appelle le portable de Foxtrot. Oui, Monsieur a bien entendu, Boniface s'est rendu à l'appartement commun d'Edwin et Edgar. Il est formel, le F601 ne s'y trouve pas. Denise, pacifiée devant son omelette, s'agace moins qu'elle ne l'aurait encore fait quelques jours auparavant en entendant le faible son issu de l'appareil. Elle essaye malgré tout d'attraper celui-ci pour dire son fait au majordome, et s'en voit empêchée par Foxtrot qui esquive la main lancée avec une vivacité de jeune homme, de jeune homme au désarmant sourire. Il avait pourtant donné ordre à Boniface de patienter. Ordre qu'il redonne, en ajoutant que Denise et lui comptent aller en Hollande dans une dizaine de jours, Boniface croit-il que cela va se décanter d'ici là?

29

Voyant qu'Edgar, plus atteint qu'il n'y paraissait, veut se recueillir pour digérer l'invasion de son intimité, Edwin part s'installer chez Blandine, quant à elle ravie du malheureux événement. Ce déménagement n'est que provisoire, prévient-il. Oui, bien sûr, on cherchera plus grand dès que les jades seront en tête de gondole dans les magasins, répond Blandine. Edwin s'étonne d'une telle réponse où il ne décèle pas forcément d'humour, opine et quitte le petit appartement en direction des douanes. La traque du tableau neigeux est au point mort, autant aller se perdre à l'entrepôt de l'aéroport de Paris-Charles-de-Gaulle. Edwin prévient Edgar par téléphone. Cette fois, c'est lui qui lui propose une virée pour se changer les idées. Edgar décline, il préfère rester seul pour l'instant.

Sur place, il faut attendre une heure qu'un préposé ait le temps et l'envie de se présenter de son côté du guichet, puis une autre pour qu'il aille vérifier la demande. Edwin a pris soin de se munir de tous les justificatifs et rempli dûment tous les formulaires nécessaires. La moindre erreur, et il était bon pour rentrer sans rien avoir appris. Tout a l'air en règle. Le préposé revient enfin pour annoncer que, bah, il y a un problème. Le problème est que la marchandise d'Edwin est bien arrivée, mais que l'expéditeur a oublié le formulaire 2B47. Vous avez acheté ça à des gens de là-bas, voit le préposé. C'est toujours pareil avec eux, les gens du Pacifique, les formulaires, ça les dépasse. Le préposé n'est pas raciste, hein, c'est juste qu'on dirait que les formulaires ne font pas partie de leur conception du monde, à ces gens-là, c'est une chose qu'ils n'envisagent pas. Ils veulent bien s'y plier, ils remplissent parfois les premières lignes, mais on dirait qu'ils s'endorment dessus. La chaleur des tropiques sûrement. Bien qu'Edwin ne connaisse pas trop sa géographie, spontanément, il placerait la Nouvelle-Zélande bien en dessous de la zone tropicale. De ses années d'avant toutefois, il a retenu qu'il ne sert à rien de perturber un agent quelconque à une caisse quelconque. Tant que l'agent finit par appliquer la demande, il ne faut jamais le brusquer, faute de quoi un conteneur entier peut disparaître dans la seconde ou le bureau fermer ses portes pour le déjeuner, quelle que soit l'heure de la journée. Edwin se frotte nerveusement les mains qui le démangent en s'efforçant de maintenir un sourire sur son visage. Il tient à savoir ce que va devenir sa commande.

C'est une exception, hein, mais on prie Edwin de passer de l'autre côté du comptoir. Il suit le préposé dans le hangar de dix mètres de hauteur sous toit en métal fendu d'un *skydome* translucide en plastique, entre des allées encombrées de palettes et d'immenses caisses de bois clair de tailles variées toutes peinturlurées de signes et de chiffres noirs, bleus ou rouges, rappelant des dés, des dominos ou des pièces de mah-jong, tous géants. Le contenu de certaines caisses est ou a été vérifié, le reste attend, qui un formulaire, qui une autorisation, qui un destinataire. Edwin est mené là où des caisses souffrent, certaines depuis des années. Le contenu est légal, mais un accroc bloque le lot dans ces murs. À nous. La paroi boisée descend à la manière d'un pont-levis. À l'intérieur, des parallélépipèdes rectangles de petite taille et de couleur marron sont assemblés de façon à en former un beaucoup plus grand, de la taille presque exacte du contenant beige. Du haut d'une échelle, le préposé lance un carton à Edwin. Au milieu de pop-corn en polystyrène blanc, les pierres vertes sont là, conformes aux images et descriptions. Si c'est bien ce qu'Edwin a commandé, il peut signer en bas à droite. Edwin signe, et s'entend annoncer que les choses vont suivre leur cours. Normalement, une demande est envoyée par fax, elle est contresignée et retournée par fax, et le client peut venir récupérer son dû. Mais avec ces gars du Pacifique, on a déjà vu un papier aller et venir une cinquantaine de fois, sur une durée de quatorze ans. Edwin ferait aussi bien de s'armer de patience. Ou d'aller sur place avec le formulaire. Le préposé le raccompagne à la sortie, s'esclaffant sur tout le trajet.

Edwin, dehors, est perplexe. Il ne savait pas encore exactement ce qu'il allait faire de tous ces objets, il sait encore moins ce qu'il va faire sans. Un sourcil haussé, il réfléchit en contemplant la double porte vitrée du bâtiment, derrière laquelle il lui semble bien voir passer le majordome de Manchester. À nouveau. En uniforme de douanier aujourd'hui. Il s'avance vers les portes pour s'en assurer cette fois. Le reflet sur la vitre l'a peut-être trompé. Oui, c'est sûrement une vue de son esprit, il n'y a pas de majordome dégingandé en uniforme de douanier dans la salle d'accueil. Edwin retourne à Paris sans jades.

30

Boniface passe la porte du penthouse et n'est accueilli par personne. Monsieur devrait pourtant venir lui-même se réjouir du retour de son homme à tout faire. Car avec lui reviennent aussi des produits de l'Hexagone provenant des meilleures maisons, promesse d'arômes et de goûts difficiles à trouver au milieu de l'Angleterre et chers à Monsieur. Mais Monsieur n'est pas là, ni à la porte ni dans l'appartement. Madame, en revanche, est confortablement installée dans le fauteuil en osier, à feuilleter un magazine sans intérêt. En robe de chambre, elle vient de se baigner. Elle n'a pas l'air d'être éprouvée par le ciel blanc qui, aujourd'hui comme tant d'autres jours à Manchester, vire au gris davantage qu'au bleu. Elle ne se lève pas, ce qui ne l'empêche pas de saluer cordialement Boniface. Elle espère qu'il a fait bon voyage. Le majordome est tenté de demander, à tout hasard, si Monsieur est allé se rafraîchir à son débit de boissons habituel. Il hésite, incertain de sa résistance face à un regard ou une colère de Madame. Il tente finalement sa chance, ou le diable. Les quelques jours passés à espionner et cambrioler l'empêchent de comprendre la réaction de Madame, qui dit qu'Henri est effectivement allé écouter sa petite pimbêche, sur un ton parfaitement détendu. Interloqué, Boniface entreprend de défaire les aliments rapportés de Paris avant même sa valise. Cuisiner va lui vider l'esprit.

Monsieur introduit sa clé à pompe et billes dans la serrure haute sécurité sept points, sourire aux lèvres de voir Madame. Boniface observe ses deux employeurs se rapprocher pour s'échanger un bref baiser inédit à ses yeux. Lui qui avait cru comprendre que Madame supportait difficilement l'existence même de Sherry a dû se tromper. Ou alors certaines choses ont changé. Les patrons sont enjoués, on dirait un peu les enfants que Boniface n'a pas. De vieux enfants qui, comme des jeunes, semblent régis par un esprit en forme de girouette. Ils sont imprévisibles, rechignent à faire la moindre chose qui leur est demandée, préfèrent agir à leur guise, celle-ci correspondant souvent, comme par hasard, à l'exact opposé. Si Boniface propose de l'eau minérale, il peut être certain qu'ils voudront du vin, l'inverse étant tout aussi vrai. Avoir des enfants est sûrement du plus épuisant.

Tout au long du repas, Boniface s'escrime en provocations, les plus insolentes possible. Il pose le sel au-delà de l'allongement des bras, sert des couteaux à viande pour le poisson, fait tinter le goulot de la bouteille sur le rebord du verre. Tout pour retrouver le caractère de Madame. Mais Madame est d'une imperturbable gaieté, elle ne se crispe pas des façons du majordome, c'est à peine si elle les note. À la fin du repas, Denise pose la main sur le bras de Boniface qui vient de lui servir sa tasse de thé. Elle lui désigne une chaise, sur laquelle il prend place. Boniface s'attend à être morigéné, il en est presque soulagé. Il espérait ce juste retour des choses. Madame commence à son habitude par une voix neutre. Boniface guette la montée de la colère, avec impatience presque. Il pense déjà au récit qu'il en fera à Sherry. Ils en riront ensemble.

Mais rien ne monte finalement. Aucune trace de rage dans le ton ni le propos. Madame dit qu'elle-même et Monsieur vont se rendre à ce Salon des Beaux-Arts de Maastricht, et elle souhaite savoir s'il veut bien s'occuper des réservations. Ils comptent rester deux nuits sur place. Train, hôtel, entrées, restaurants, taxis, il y a de quoi faire et cela n'entre peut-être pas dans ses fonctions. Madame tient à ce que Boniface dresse la liste de ses frais, en temps et en énergie. Elle le dédommagera de tout cela et l'en remercie par avance, s'il veut bien accepter, bien sûr. Dans le cas contraire, ils s'adresseront à une agence, mais ils seraient heureux que ce soit lui, Boniface, qui s'en charge, et aussi qu'il soit du voyage. Voilà ce que dit Madame, avec la plus grande gentillesse et l'assentiment manifeste de Monsieur. Le majordome n'en revient pas. L'ordre du monde est bouleversé. Sans compter que ni elle ni lui n'ont l'air de se rendre compte qu'un vol est à élucider au lieu d'emplettes à faire ou que sait-il encore. Boniface a bien des choses à raconter à Sherry, dont aucune qu'il avait prévue.

31

Denise n'a rien révélé à Henri ni à Boniface de sa connaissance du F601. Sa vie solitaire, ses affaires ont forgé en elle le culte du secret. Le jardin de son esprit ne sera jamais totalement ouvert aux visites. Pour l'heure, l'ennui régnerait dans cet esprit si Henri n'était pas Henri. Pour lui, elle veut bien parcourir les salles et galeries du musée de Manchester, qu'elle connaît depuis l'enfance et qui n'ont guère changé depuis. De l'Art Nouveau temporairement agrémente l'ordinaire. Le couple se découvre un intérêt commun pour une période où certains hommes recréaient leur quotidien à force de dessins concrétisés, en bois, en fer ou en verre. Ils sélectionnent ensemble ce qu'ils emporteraient si les œuvres exposées étaient à vendre ou bien même offertes. La douce excitation de la chose est discrètement exacerbée par l'imminence du dénouement de cette histoire de tableau dérobé. Ils viennent d'apprendre par Boniface que le photographe du penthouse a réservé deux billets pour Maastricht. Le majordome ne doute pas que le voyage servira à une tentative de revente en douce, tentative à déjouer pour récupérer le petit rectangle. L'angoisse afférente picote les membres et les sens. Denise et Foxtrot se vivifient à la vision partagée d'art, en développent une envie brûlante l'un de l'autre. Le lieu ne s'y prête pas, ils décident de concert de sortir. La brume opaque, le vent froid les calment. Denise part faire les boutiques, pour n'y rien acheter que de l'air. Henri rentre à la maison. Ils savent qu'ils ont désormais le temps. Ils sont heureux de se retrouver, plus tard dans la journée, et de parfaire leur connaissance au chaud, allongés l'un contre l'autre.

Par la vitre du pub, du comptoir Boniface voit passer Foxtrot. La nuit tôt tombée dissimule sa silhouette âgée, penchée dans son manteau noir laineux. Le bonnet, noir également, dissimule les cheveux argentés. Les lampadaires extérieurs du pub illuminent un instant quelques-unes de ses foulées, sa démarche ralentie par quelques bourrasques inopinées. Boniface croit déceler un léger sourire sur le visage de son employeur, signe de la bonne humeur des derniers jours qu'il ne comprend pas. Une fois la silhouette passée, Sherry demande au majordome s'il a vu un loup, s'il savait qu'il y avait des loups, autrefois, dans le quartier, au début des docks. Ils venaient se nourrir, tard le soir, de ce qui restait à quai, et paraît-il aussi parfois d'un ou deux dockers soûls, tanguant entre les tonneaux à la sortie de l'auberge. Boniface a-t-il peur d'être dévoré ce soir en rentrant ? Il a déjà bien bu. Sherry aussi. S'il attend la fermeture, ils pourraient partir ensemble, ils seraient deux et les loups seraient à la fois plus alléchés et plus circonspects.

Ils pourraient jouer à se faire peur. Sherry fait souvent de l'humour et des propositions, et Boniface entend celle-ci comme toutes les autres, ce qu'elle n'est pas. Il ne répond pas instantanément, et la proposition s'enfuit dans l'alcool. Sherry aimerait bien rentrer avec Boniface, et pas seulement pour défier les loups. Mais le majordome rentre seul et tôt se murer dans sa chambre. Monsieur et Madame lui ont donné congé pour la soirée.

À Paris, Blandine commence à se faire du mauvais sang. Elle ne s'inquiète pas d'attaques de loups moyenâgeux, les enceintes de Paris ont toujours été moins perméables que celles de Manchester, mais Edwin n'est pas coutumier des retards. Il est ponctuel d'habitude, malgré son air de constante distraction. Il s'est peut-être perdu ce soir. Ou bien, puisque le temps est à la glace, peut-être a-t-il glissé bêtement, dans une rue sombre et peu passante. Blandine se découvre une anxiété qui la déconcerte, qu'elle éloigne tant bien que mal en allant faire quelques courses alimentaires. Un petit mot sur la porte signale qu'elle est au supermarché, puis à la boulangerie, la boucherie et enfin la fromagerie, dans cet ordre. Il se conclut par un dessin en forme d'ovoïde très irrégulier à la base plus large que l'apex — un vrai cœur humain gauchement tracé.

Chez Edgar, les policiers ont apprécié le travail de professionnel. Aucun indice, donc peu de chances de mettre la main sur le ou les malfrats, d'autant que rien ne manque. Le photographe continue son rangement ponctué de temps morts passés immobile, le moral en berne. Il est touché dans son intime. Seul, il avait organisé son foyer avec soin. Quatorze ans à réfléchir au placement exact de chaque bibelot rapporté de ses voyages, à bâtir l'intérieur de sorte à le rendre digne de la photo ultime. Seul, il devait prendre cette photo, un jour. Seul, il est à même de ressentir la perte irrémédiable de cet ordonnancement délibéré et mûri, impossible à reproduire exactement. La dernière et unique photo devait couronner l'œuvre, pas sa reconstruction. Bien que le cambrioleur n'ait apparemment rien emporté, bien qu'il ait perpétré son méfait avec la plus grande attention, sans rien casser, tout est détruit. Personne n'avait jamais rien déplacé, pas même Olga, qui a vécu là cinq ans avant d'aller mourir. Edgar va surmonter sa peine, il n'est pas si attaché que cela à cette photo qu'il s'était engagé à prendre par contrat avec lui-même. Seul, il souhaite simplement remettre en ordre son appartement comme on nettoie un temple après son saccage.

M. Benningson tourne en rond chez lui. Il n'est pas attendu pour son travail avant plusieurs jours et plusieurs nuits qu'il compte combler en tournant et tournant en rond au milieu de ses pièces carrées calfeutrées de livres rectangulaires. L'exaltation douchée est revenue, il en a les mains qui le démangent, qu'il frotte jusqu'à leur rougissement. Le joyau parmi les joyaux l'attend quelque part. Sans être médium, il pressent qu'il va recroiser la route du petit tableau.

Edwin tourne en rond dans la ville, le tableau neigeux sur un des murs du salon de son esprit. Se tiennent dans la pièce Edgar, qu'il n'ose pas déranger, Blandine, qu'il ne souhaite pas rejoindre, M. Benningson, qui le fixe du regard, et le majordome du penthouse, qui le fixe tout autant. Edgar est agenouillé face à un fauteuil, les coudes sur l'assise, les mains jointes, il prie peut-être pour la bonne arrivée de son logis au ciel. Son logis tel qu'il a été pendant les quatorze dernières années n'est plus. Il tenait beaucoup à la perfection de l'agencement, des meubles et tapis, des tableaux et photographies. Le haut de son dos convulse par moments, peut-être qu'il sanglote. Blandine, M. Benningson et le majordome quant à eux lui font face, bien campés au fond de leurs sièges respectifs. Leurs yeux brillent, quoique d'un éclat différencié, à chacun propre. De lourds pendentifs en pierre verte habillent un grand lustre suspendu à un plafond invisible, vacillent sous l'effet de tremblements sans cause ni origine et finissent par tomber les uns après les autres, pour s'écraser bruyamment sur un sol de verre. Le sol se fendille, se craquelle, tout près de rompre sous les assauts de la pierre dure. Les pieds d'Edwin s'élèvent alors devant lui, son corps presque à l'horizontale dans les airs, les bras tournoyant dans une recherche d'équilibre avortée. Il retombe sur le coude et la hanche gauches. Le trottoir est couvert de glace, dans une rue sombre et peu passante. Edwin s'est fait mal, mais pas trop.

32

M. Benningson est le premier arrivé dans la petite capitale du Limbourg néerlandais. Deux changements de train depuis Paris, il est harassé, mais ressort néanmoins de sa chambre d'hôtel à peine sa valise déposée. L'établissement est le seul situé dans la zone isolée où trône la grande halle d'exposition. Il est en partie occupé par des transporteurs qui dans quelques dizaines d'heures seront remplacés par des collectionneurs. M. Benningson se rend directement au Salon dans ses effets de voyage, les mêmes depuis la visite d'Edwin chez lui, dans lesquels il n'a même pas dormi. Le bref somme piqué dans le train lui a suffi, il est prêt pour son travail des jours à venir. La porte claquée derrière lui, il se ravise, rouvre, prend une douche et repart, en courant presque. Il n'est pas en retard, mais brûle d'envie de prévenir ses confrères de sa découverte, tout en sachant qu'il ne peut répandre la nouvelle. Il compte donc sur eux pour lui divertir l'esprit d'autres nouvelles, plus convenues. Ils lui parlent effectivement autour d'un café de l'exposition de Vienne, de celle de Londres et aussi de Memphis, puis du bruit qui court sur les activités de tel marchand, sur la belle pièce de tel autre, on verra tout à l'heure.

Il est neuf heures trente quand les comités de validation des œuvres du Salon européen des Beaux-Arts de Maastricht se rassemblent dans le vaste patio du centre d'exposition, au pied d'un immense mur troué de toutes parts, au bout duquel s'ouvre le premier carrefour d'allées. Les exposants ont été priés de vaquer ailleurs pendant cette procédure de *vetting*. Les comités de chaque domaine peuvent s'éparpiller, munis de lampes torches et ultraviolettes, de loupes et tournevis miniatures. Chaque stand est passé au crible, M. Benningson s'absorbe dans sa tâche durant quasiment deux jours.

On s'amuse, on se déchire entre experts. M. Benningson parfois prend un peu de recul, considère qu'ils sont un peu fous, tous autant qu'ils sont, à chipoter pour un repeint d'un demi-centimètre carré. La minute d'après, lui le premier s'insurge, s'enflamme contre une attribution à ses yeux erronée. Il replonge dans la discussion pour démontrer qu'il s'agit bien d'une œuvre d'un peintre de Bruges et non d'Anvers. Il y a autour de lui les verbeux, les arrogants, les taiseux, les vibrions, les extravagants, les éloquents. Et il y a les hommes comme lui, les savants enfiévrés.

Des œuvres sont disqualifiées, enfermées dans un coffre-fort le temps du Salon. Au retour des marchands, les réclamations pleuvent parcimonieusement ; des clous sont enfoncés, des disculpations prononcées. M. Benningson apprécie moins cette partie du jeu. Quoiqu'il ne la dédaigne pas, il est prêt à expliquer pourquoi il a voté pour ou contre. Ces journées agitées le reposent par un effet paradoxal. Le remuement de ses méninges lui apporte un sommeil profond où il n'est plus obsédé par le petit rectangle fabuleux.

33

Jeudi, jour de vernissage. La halle d'exposition louée pour le Salon aux deux cent soixante-dix exposants est à l'extérieur de l'agglomération, au milieu de bretelles routières, et le public concerné prié de venir chaque année dans ce *no man's land* propre et austère. Il s'y rend, malgré l'aspect ennuyeux du lieu couplé à un parking géant, car c'est à l'intérieur que tout se passe. À l'intérieur, tout est présenté dans les meilleures conditions, le prix est mis pour la décoration, les trous ménagés dans le grand mur ont disparu, masqués par autant de tulipes jaunes et rouges. Un monde pour l'essentiel riche et bien mis se presse à l'entrée, dans la hâte de longer le panneau fleuri pour enfin accéder aux œuvres. Les derniers aspirateurs émettent leur dernier souffle de la journée, indiscernables dans la cohue feutrée mais populeuse. Les portes s'ouvrent à l'heure dite. Des millions vont s'échanger contre des œuvres de tous temps et de tous endroits. Art moderne ou contemporain, asiatique ou africain, hollandais ou océanien. Art scythe ou hellénistique, romain ou sumérien. Argenterie ou mobilier, tapisserie ou numismatique, enluminures ou simples crayonnés. Edgar va déjà beaucoup mieux, et pour se revivifier pleinement a tenu à venir, sans compter qu'il rencontrera à coup sûr certains de ses clients, nombreux à fréquenter ce type de grand-messe. Edwin a suivi, sans véritable motivation. Il n'y va même pas pour les œuvres exposées, auxquelles il n'entend toujours rien. Les musées visités à Paris ne lui ont pas inoculé le goût de l'art. Edgar l'a pris dans ses bagages en lui faisant miroiter son tableau neigeux, perdu peut-être dans l'une des allées, dans ce Salon que l'on qualifie de plus grand musée du monde. Et puis, il neige sur le tarmac à l'atterrissage, c'est de bon augure pour les recherches d'Edwin. Au lieu de croire aux augures, ou de se demander ce qu'il fait là, Edwin se dit qu'il n'a rien de mieux à faire à Paris pour le moment, et que peut-être, oui, le tableau neigeux l'attend quelque part ici, après tout.

Le blanc couvrant les deux côtés de la route jusqu'à l'hôtel plaît à Edwin. Il aime décidément cette couleur, cette texture, les crissements qu'elle induit. Les champs blancs défilent et il médite, les yeux dedans, à l'ambiguïté de cette beauté, d'une douceur cruelle et meurtrière. Il voit derrière les champs, tout au bout, tout en haut de l'horizon la crête de son tableau se détourer, le long de laquelle progressent les hommes de la procession, pachydermes intercalés entre eux, tous ces êtres petits et noirs, au loin, tout en haut, luttant pour leur vie. Puis l'urbanité efface le blanc comme une éponge humide le tableau, le bâti se multiplie, habitations ou bureaux, l'hôtel enfin. Le même que M. Benningson. Edgar secoue Edwin d'une tape dans le dos, l'enjoint de ne pas faire une telle tête, on est là pour s'amuser, voir de belles choses et le soir s'éclater. Il verra, il y a de sacrées nanas dans le coin. Edwin hausse un sourcil. Si Edgar le dit, Edwin suppose que c'est vrai.

À l'entrée du Salon, dans l'amassement où pullulent les couples et les groupes, car on se rend rarement seul dans ce genre d'événement, Edwin se retrouve isolé, son ticket à la main. Edgar a dit qu'il revenait, qu'il allait dire bonjour. Il n'est pas revenu. Edwin s'en ficherait si les démangeaisons le laissaient tranquille. Elles viennent de signer leur retour. S'il avait su, il se serait acheté un briquet.

34

Boniface ne tient pas en place. Il a déployé toute la palette de ses talents cachés, informaticien, serrurier, en vain. Monsieur et Madame ont l'air de roucouler au-dessus de la mêlée du monde. Monsieur lui a raconté leur baignade à la rivière, des étoiles dans les yeux. Le couple a bien confirmé son engouement pour la traque, mais Boniface a trouvé les énièmes déclarations d'intention bien molles par comparaison aux prémices. Les Foxtrot à la dérive, il lui revient à lui, Boniface, de prendre le gouvernail. Déjà une heure que les coupables ont atterri. Les deux bandits sont déjà passés à l'hôtel, le même que le couple et son majordome, et s'apprêtent à entrer dans le Salon. Un peu fourbu d'avoir transporté les bagages du couple au fil des deux trains et deux taxis, Boniface note à présent sur son appareil portatif que le photographe et son ami se sont séparés, sûrement par prudence. Il va devoir affecter ses employeurs à l'un, pendant qu'il s'occupera de filer l'autre. Il choisit d'office Edwin.

Les Foxtrot sont parés pour l'extase. Ils enfilent leurs chaussures de marche ultralégères, originellement destinées aux randonneurs, des chaussures incongrûment utiles pour arpenter en tout confort podal et par extension dorsal les milliers de mètres carrés où s'étendent les stands, des chaussures bariolées pour être repéré en haute montagne sûrement, il n'y avait pas plus sobre en magasin. Foxtrot est par ailleurs armé de la canne en ivoire que lui a offerte son épouse. L'objet dissimule un fleuret qu'Henri s'est vanté de savoir manier. Dans la chambre, il a fait l'imbécile avec, Denise a ri, a embrassé son nouveau d'Artagnan, avant de lui dire de ranger ça, la pointe pique. Il sait que la pointe pique, heureusement même, sans quoi il ne verrait pas l'intérêt de posséder une telle arme. Avec elle, il va embrocher le manant qui lui a dérobé son bien. Foxtrot fanfaronne, de sa main libre enlace la taille de Denise, qui glousse de nouveau. Rengaine, mousquetaire, nous sommes en retard.

Les retrouvailles avec Boniface rétablissent le sérieux. Madame, Monsieur, vous suivrez Edgar, le photographe. Voici de quoi le pister d'assez loin. Le point rouge, c'est lui. Si vous soupçonnez quoi que ce soit, n'intervenez pas, appelez-moi. Prenez des photos si vous observez une transaction, ou une conversation y menant. Tels des soldats, les Foxtrot se redressent, rendossent leur rôle avec gravité. Boniface les commande, ou bien le croit, tandis qu'ils se jettent un regard connivent. Le majordome ne se rend pas compte qu'ils ne maîtrisent pas les plus simples rudiments d'un appareil portatif, électronique ou photographique.

35

Blandine est la dernière à se présenter à la halle d'exposition. Il n'est théoriquement pas facile d'obtenir un ticket pour ce jour de vernissage privé; il faut disposer d'une invitation que seules dispensent les galeries participantes, et la sienne n'en fait pas partie. Blandine tout naturellement se poste devant le comptoir d'accueil et donne son nom. Une enveloppe lui est tendue, déposée à son intention. Il lui a suffi d'un coup de fil. Blandine a du mal à l'admettre, mais elle n'est pas tout à fait qui elle est, ou pas seulement. Lorsque Edwin lui a appris qu'il allait faire un tour dans le Nord, voir des tableaux, elle a compris que c'était forcément ici, mais pas pourquoi, puisqu'il ne connaît rien à l'art et s'en fiche. Blandine tenait à venir, elle soupçonne quelque chose.

La jeune femme, en chemin vers le Salon, se fait la réflexion qu'il ne sert à rien de courir après un tel homme. Elle ne comprend pas ce qu'elle lui trouve. Un type dans la lune, ou plutôt dans la neige, le blizzard, et pas pressé d'en sortir, on dirait. Edwin, aussi bien qu'il s'est laissé approcher, a paru ces derniers jours s'éloigner, comme lassé. Ou plutôt détourné d'elle par son tableau blanc. Blandine en décachetant son enveloppe a bien conscience de la diligence avec laquelle elle forme ses convictions, qu'Edwin n'a pas vraiment changé depuis le peu de temps qu'ils se fréquentent, qu'elle se fait des idées sur sa lassitude comme sur la pérennité de leur relation. Malgré quoi elle se confirme qu'elle a senti le vent tourner, et qu'elle fera tout pour garder cet homme. Elle va le lui peindre s'il le faut, son tableau neigeux.

Blandine longe à son tour le mur de tulipes, songe qu'elle est jalouse et s'en agace. Elle prêterait presque à un tableau inexistant les charmes d'une autre femme, de plusieurs. Elle confond tout, la chair et la beauté, l'amour et l'attirance. La migraine déclenchée par ces pensées lui procure, si besoin était, une justification légitime pour le port de lunettes fumées, pas si déplacées pourtant dans ces lieux du plus grand chic mais tout de même plutôt rares. À quoi elle a juxtaposé un foulard, dont elle se pare le visage dans l'idée de passer inaperçue. Or, le foulard et les lunettes s'avèrent des touches de style presque convenues dans cette faune. À défaut de la faire disparaître, ils la fondent harmonieusement dans la foule, croit-elle. Blandine n'a pas prévenu Edwin de sa venue, et pressent qu'il ne serait pas tout à fait ravi de la croiser.

Dans les allées bondées, elle marche d'un pas assuré, la meilleure façon selon elle de passer sous les radars. Elle sous-estime amplement la salacité des marchands, autant que la légende de sa famille dans le milieu. Cinq générations d'antiquaires dans le meuble ancien avec les fréquentations qui en découlent compliquent l'anonymat de la descendante. Blandine est tumultueusement alpaguée dès les premiers stands par un vieux marchand chaleureux qui a bien connu son père, ah quel homme, un vrai personnage, son père. Et elle, la petite Blandine, pourquoi ne pas avoir repris l'affaire? Les Brik manquent terriblement à la profession, si elle savait. Blandine doute du contenu du propos comme de sa sincérité, elle laisse parler, répond oui, c'est vrai, elle repassera plus tard, elle a rendez-vous plus loin, en s'efforçant de sourire candidement, comme la gamine que tous ont connue.

Postée à un carrefour devant un plan géant, Blandine essaie de repérer l'emplacement des connaissances familiales afin de les éviter ainsi que les stands susceptibles, d'après elle, d'aimanter Edwin, afin de le retrouver. En conclusion s'affiche dans son esprit un parcours tout à fait sinueux, qu'elle imprime tout en s'imposant de ne pas le respecter tout à fait. Edwin compte sûrement imiter la majeure partie des visiteurs, errer entre quelques étapes préétablies, au gré des pas et des attirances visuelles, en toute spontanéité. Il pourra aussi bien se planter longuement devant un plateau laqué du XIXe que face à une tapisserie du XVIe, pour peu qu'il y voie un détail rappelant la neige. Blandine ajoute sagement une part d'aléatoire à son plan imprimé.

36

L'attrait exercé par les œuvres de toutes sortes et de toutes formes a pour effet de dissiper quelque peu la densité des êtres dans la vaste halle submergée par le flot humain. Captivés par l'art ou non, les visiteurs sont happés par les images foisonnantes, héroïnes de ces jours où plus rien d'autre sensiblement n'existe. Se déplacer dans la nuée n'altère pas véritablement la solitude. La multitude se morcelle, la masse marche en ignorant les parties de sa somme. Certains visiteurs cependant ne sont pas tout à l'étude des merveilles proposées.

Edgar sautille, de coupe de champagne en cocktail, d'ami en partenaire professionnel, serre autant de mains qu'un politicard accompli. Les proches, les moins proches et les parfaits inconnus ont tous droit à une bise, deux, ou trois, selon les nationalités, le degré de proximité et d'alcoolisation. Edgar est dans son élément, tout un monde de photographes du monde, de décorateurs d'inté-rieur chevronnés, de conseillers artistiques fameux. Sont essentiellement mentionnées dans les échanges les pièces les plus tape-à-l'œil, les noms les plus répandus. A-t-il vu la sculpture en acier d'untel, culminant à cinq mètres de haut? Splendide, n'est-ce pas? Et la table de douze mètres de long, quel chef-d'œuvre! Edgar s'est définitivement défait du souvenir de son appartement, la journée durant il trinque pour fêter l'événement comme une libération. À moins qu'il tente par là de noyer une détresse à laquelle il ne sait quel sort faire.

M. Benningson est aussi enthousiaste quoique moins léger. Il serre des mains lui aussi, beaucoup. Plus âgé, il s'y prend plus sobrement, dans l'attente du surgissement du petit rectangle. Son attitude aux aguets modère ses emportements. Ses yeux sont en fente, il se prend pour un vieux renard encore agile, tourne souvent la tête, jette des coups d'œil derrière son interlocuteur, au point de déconcerter de vieux amis. Est-il préoccupé? Non, non, il assure que tout va bien.

Edwin, jamais rejoint par Edgar, déambule sans but, avec à l'esprit le souhait secret de surprendre Hannibal et son armée au détour d'une allée. C'est une chimère qu'il prend comme telle. L'idée le fait assez rêver pour dévier l'ennui. Il caresse du bout des doigts le tableau époux de sa poche droite comme un chapelet, un charme de bonne fortune.

Les Foxtrot trottinent, ils suivent Edgar de loin, le point rouge clignote et pourtant ils n'ont d'yeux que pour les merveilles partout, qu'ils se signalent et admirent ensemble. Henri doit venir voir cela ! Denise a-t-elle vu ceci ? Ils stationnent de temps à autre sur l'une des banquettes disposées dans les allées. Ils y devisent des raffinements abordés précédemment, en toute joie, parsemant la conversation de silences, de sourires et de notes privées, parfois impudiques.

Boniface a quant à lui le nez vissé sur son appareil, dans le plus parfait dédain de l'activité ambiante, mais le nombre l'écrase, les bouchons se forment à chaque passage d'une jeune personne en haut blanc et tablier noir chargée de verser du champagne, d'ouvrir des huîtres ou distribuer des verrines. Impossible dans ces conditions de remplir son rôle et servir ses maîtres comme il considère qu'il le doit.

Blandine enfin n'en peut plus d'être arrêtée et félicitée, chérie et choyée tous les trois pas. Les lunettes et le foulard ne sont d'aucune utilité, sinon motifs de banales flatteries, qui ne l'atteignent pas. Elle n'a pas le cœur à l'art, encore moins aux mondanités. La peur d'être aperçue par Edwin et celle de ne pas le trouver amplifient sa migraine. L'air lui semble vicié, elle a soif, passe un temps infini dans les files d'attente devant de grosses bonbonnes pour boire dans des gobelets transparents une eau trop froide. Lorsqu'elle croit reconnaître le costume gris d'Edwin, fréquemment puisqu'un costume sur trois est gris environ, son cœur se met à battre la chamade. Elle n'est pas le moins du monde apaisée de s'être trompée, le cœur continue, il va bientôt rompre. Un énième ami de son père la trouve pâle, Blandine se dit fragile en ce moment. Elle va rentrer à l'hôtel dormir un peu. Elle sonne le départ, le Salon se vide progressivement.

Au soir de cette première journée, personne ne s'est finalement croisé tant la halle est vaste, la foule compacte et les distractions nombreuses. La technologie de géolocalisation a ses limites, elle fonctionne bien plus efficacement à distance qu'à proximité. Boniface en mangerait son chapeau s'il en portait un. Il a suggéré une filature en guise de soirée, pour en finir enfin, à quoi les Foxtrot ont préféré le charger de veiller sur les points rouges qui ne vont pas s'envoler tout de même, ou alors seulement de l'aéroport, et s'en sont allés dîner à deux dans un restaurant étoilé. Si Boniface entrevoit de l'action, qu'il prévienne Foxtrot, sa canne-épée pourrait être utile. Dans un restaurant un peu moins renommé, Edgar assomme Edwin d'anecdotes en compagnie de confrères avinés. Edwin consomme une dernière bière au bar de l'hôtel quand les autres prennent un taxi pour aller danser. Edwin n'est vraiment pas marrant, c'est Edgar, un peu rond, qui le lui dit. Pendant ce temps M. Benningson dort depuis l'heure de coucher des poules, et Blandine rumine sa journée gâchée, enfermée dans sa chambre au sein du même hôtel, une pizza sur le lit de peur de croiser encore des amis de la famille dans les dîners en ville.

Edgar, à son réveil forcé, est encore tellement sous les effets de la boisson qu'il est persuadé d'entendre son crâne pulser. Il n'aurait pas dû dormir les deux heures de nuit restantes au sortir du club, les tambours dans sa tête n'attendaient que le sommeil pour tonner. Le corps de la femme encore dissimulée sous les draps ne remue pas au boucan produit par ses bougonnements jusqu'à la douche. Ils ont fait l'amour, mal, s'en souviennent à peine, même pas encore.

C'est Edwin, tombé du lit, qui a frappé à la porte. Edgar arrive, dans dix minutes en bas. Edwin qui a bien dormi quant à lui, souriant malgré l'absence d'intérêt du Salon pour sa quête. Rien qui ressemble de près ou de loin au tableau neigeux. Il a méthodiquement posé le regard sur toutes les pièces proposées à la vue, en une vaine recherche. Il s'y attendait, mais n'est pas déçu du voyage, puisque la neige est là, dehors. Luminescente hier au soir, flamboyante à l'aube, le soleil aujourd'hui irradiant. Malgré quoi, derrière le sourire, Edwin se demande ce qu'il va bien pouvoir faire d'un second jour enfermé dans la halle. Edgar, la tête entre les mains, marmonne qu'Edwin n'a sûrement pas terminé le passage en revue de tous les stands. La chimère risque fort de demeurer ce qu'elle est, mais certes, on ne sait jamais. Le photographe n'a rien avalé, il presse Edwin de terminer son assiette et son café. Il n'a pas envie de recroiser la femme encore assoupie dans son lit.

Boniface, lui, a tenté de presser ses employeurs de descendre, mais leur douche a pris plus de temps que celle d'Edgar, pourtant déjà prolongée. Radieux, les Foxtrot consolent du regard leur majordome aux yeux cernés, rougis, clignotant comme les diodes de ses appareils. Boniface est fou de savoir que les bandits ont dormi à quelques mètres, et qu'ils ont repris leur avance. Ses employeurs ont recommandé l'attente, une fois de plus, et une fois de plus il a respecté les ordres, récompensé par une insomnie insupportable. Le visage toujours impassible, rage et dépit s'invectivant au fond de lui-même, il écoute le couple soutenir qu'ils ont l'intention d'être plus sérieux aujourd'hui, c'est promis, après quelques achats de pièces repérées hier, ils s'y mettent. Ils lèvent la main droite et disent qu'ils le jurent. Que Boniface prenne juste le temps d'expliquer à nouveau le fonctionnement de ses petites machines.

M. Benningson est debout, nu, face à la fenêtre de sa chambre. La vue sur le parking est imprenable, la journée s'annonce splendide. D'une prophétie dictée par son esprit au réveil, il sait qu'aujourd'hui est un grand jour. M. Benningson se targue de sentir les grands jours. Comme celui qui l'a vu débarquer à Londres, il y a si longtemps. De retour d'un voyage aux États-Unis, l'escale technique en terre d'Angleterre a changé sa vie. On avait demandé dans l'avion plein à craquer si un passager se dévouerait pour laisser sa place à un malade. L'hôtel était offert jusqu'au vol suivant, une visite guidée à la National Gallery en prime. M. Benningson était encore étudiant, et ouvert à l'insolite. Ce jour-là, le matin au départ de New York s'était montré différent, câlin quasiment. Et M. Benningson, quelques heures plus tard, avait découvert ses premières œuvres de Primitifs, parmi les plus belles. Du lever du soleil, il avait pressenti le grandiose. Le même sentiment de prescience l'emplit aujourd'hui. Pas d'empressement pour le petit déjeuner, les événements cruciaux n'oseront pas se dérouler sans lui.

Blandine a mal dormi, le petit déjeuner n'est plus servi à son arrivée au rez-de-chaussée. Au franchissement de la double porte vitrée à ouverture électrique, l'air glacé lui rappelle les rêves de sa courte nuit. Des rêves coquins à l'issue malheureuse. L'amour dans la neige ne se termine pas très bien, le froid pique, il coupe, malgré toute l'ardeur qu'on peut mettre à le combattre. Marre de toute cette neige, en tableau comme en vrai ! Prête à dire ses vérités à Edwin, elle remonte enfiler un pantalon et des chaussures à semelles plates. S'il faut lui courir littéralement après, Blandine se mettra à la course.

M. Benningson n'est pas un vrai prophète. Il a de la chance ou du discernement. La halle a beau être immense, deux journées à marcher sur la moquette beige multiplient les probabilités de tomber nez à nez. M. Benningson n'est pas surpris d'apercevoir son ancien élève traverser son champ de vision, quittant un stand de peintures modernes pour entrer dans le domaine des antiquités. S'il n'est pas surpris, il ne sait comment réagir. Peur de faire fuir le détenteur d'un chef-d'œuvre absolu. Peur subite, aussi, que ce chef-d'œuvre soit volé, ce qui expliquerait la réticence et augmenterait le désir de fuite. M. Benningson doit réfléchir sans en avoir le temps. Il n'a plus l'habitude depuis la retraite. Il sait que ce type de beauté n'attend pas. Une idée germe heureusement dans son esprit. Il interpelle une assistante, dont il exige un peu sèchement, la poitrine tendue pour exhiber son badge d'expert officiel, de quoi écrire. Mais il tarde trop, et se voit réduit à suivre de loin Edwin, son matériel à la main.

Par les interstices d'une bibliothèque en bois laqué derrière laquelle elle tente de s'abriter en baissant la tête, Blandine au même instant a la même vision. Elle aussi, de peur qu'Edwin s'effraye ou s'agace, ce qu'elle ne l'a jamais vu faire et redoute, réfléchit rapidement. Elle aussi en vient à demander un papier et un stylo, d'un ton autoritaire et atavique dont elle pensait s'être débarrassée à jamais. Elle aussi a quelque chose à griffonner et à faire passer. Elle aussi tarde, et finit par suivre, de loin.

Edgar est moins fringant aujourd'hui, il ne salue presque plus personne. Comme s'ils étaient revenus à la routine des visites de musées, Edwin et lui avancent quasiment sans s'arrêter. Comme dans les musées, Edwin mène la marche. Son corps avance droit, sa tête en tour de contrôle avisant toutes les œuvres exposées sur son chemin. Le photographe se traîne, blême, crie maintenant famine. Avili par sa minable condition, il maugrée qu'il mangerait bien quelque chose. Il rattrape Edwin, pose le bras droit sur son épaule gauche, Edwin fait ce qu'il veut, mais lui, Edgar, doit se nourrir. Qu'il y aille, s'il a tellement faim, ils se retrouveront plus tard. Mais Edgar ne se sent plus de force, il ne peut pas y aller tout seul, il craint de s'effondrer en route. L'accord d'assistance est donné, avec ironie, la direction de la cafétéria prise, avec célérité.

Il n'y a pas de bon ou de mauvais moment. Boniface a décidé que la plaisanterie a assez duré. La seconde journée avance irrémédiablement, et il y a toutes les chances que les cibles respectent la durée moyenne de fréquentation en repartant le lendemain matin. Elles sont présentement à l'arrêt, debout de part et d'autre d'une table surélevée circulaire noire au piétement chromé. Café-croissant pour le photographe, rien pour l'autre, qui se frotte les mains comme s'il les savonnait en observant son alentour. L'endroit est encore praticable, en plein creux de la matinée, avant la ruée du déjeuner. Boniface n'a pas de stratégie. Il a seulement la foi, une foi indéfectible dans le triomphe inéluctable de la justice. Et les arts martiaux, son dernier talent caché. Moins parfaitement maîtrisé que les autres, appris grâce au visionnage répété de films chinois des années soixante-dix. Le photographe a l'air faible, impréparé à repousser un assaut. Boniface se présente dans son dos, l'assomme d'un coup sec, sans amplitude, asséné sur la nuque avec la tranche de la main, presque discrètement. Il assied le corps inanimé, comme dormant, sur une chaise. Edwin est surpris de découvrir l'homme qui remplace Edgar en face de lui, et encore davantage de la scène qui vient de se dérouler. Il n'a pas encore bougé, ses mains sont encore jointes l'une contre l'autre, que Boniface se glisse derrière lui, en saisit une pour pratiquer une clé de bras. Le geste parfaitement exécuté immobilise Edwin. Le majordome prend soin de ne pas remonter le membre trop haut dans le dos, il préfère éviter cri et luxation. Le muscle étiré et douloureux, dans un rictus Edwin déclare qu'il ne résistera pas. Devant quoi les Foxtrot sont un peu gênés, ils ne sont pas coutumiers de ces façons de faire. Même Henri, ancien militaire rompu à la torture, est un peu choqué de voir une telle chose en un tel endroit. Ils entourent bientôt leur homme de maison, dissimulant quelque peu l'événement aux yeux des passants. Ils sont pétrifiés. Boniface, le regard tordu dans la prise, lâche qu'il est temps de réclamer le bien. Face à l'hésitation de ses employeurs, il rappelle qu'il faudrait savoir ce qu'on veut. Le coupable est là, sous leurs yeux, il n'y a plus qu'à exiger le F601. Edwin comprend la scène à laquelle on le fait participer, il accepte d'en être un acteur docile.

Mais les Foxtrot tergiversent. Et si c'était l'autre, d'ailleurs, celui qui dort ? Boniface lève les yeux au ciel, rappelant qu'ils sont de mèche, forcément. Et que c'est celui-ci, pas celui-là, qui passe tous les coups de fil, qui a tous les contacts. Mais les Foxtrot demeurent bouche bée. Dans le nid de douceur où ils évoluent à présent, ils ne sont plus portés à de tels emportements régis par la brutalité. Henri n'est plus un ancien fou de guerre renfrogné, Denise n'est plus une grande femme d'affaires impitoyable. Boniface regarde l'un, puis l'autre, interminablement, tandis que la sécurité menace à tout instant d'arriver et de compliquer l'affaire.

Des hommes en costume sombre ont été alertés. Ils arrivent de tous côtés, émetteurs-récepteurs en main. Une dizaine cerne la table circulaire en formica. À l'extérieur de ces cercles concentriques formés par la table elle-même, Edwin, Boniface et les Foxtrot entourant la table, et les vigiles entourant les deux premiers cercles, M. Benningson et Blandine sont placés sur la ligne imaginaire d'un cercle supplémentaire, où s'agglutinent les curieux. Blandine panique, tout comme M. Benningson, quoique pour des raisons différentes. Quoique, les raisons dans l'absolu soient très comparables : les deux ont peur pour leur amour, ils ne voudraient pas le voir violenté, cassé en mille morceaux. La voix de M. Benningson ne portera pas dans le débat, il le sait, sa position d'expert n'en fait pas un médiateur agréé. Blandine, en revanche, a quelque pouvoir. Elle implore des yeux un marchand influent, du regard elle le prie d'épargner le beau jeune homme au centre. D'un hochement de tête, on lui garantit, à la petite Blandine, que tout ira bien. On ne sait pas si elle a fait un choix judicieux en portant son dévolu sur un homme apparemment louche, mais ce sont là ses affaires, après tout. Par les regards passe une somme étonnante de considérations.

Inutile d'appeler davantage de vigiles à la rescousse, les Foxtrot objurguent leur majordome de lâcher le bras de son prisonnier, qui ne se plaint pas et se laisse mener. Les esprits se calment, le petit convoi s'achemine gentiment vers la sortie, escorté par les cerbères, quand Edwin aperçoit au loin un grand rectangle, un grand rectangle blanc. Un tableau, uniformément blanc, discrètement maculé en son centre, pour ce qu'il peut en distinguer, de silhouettes noires, toutes petites, toutes noires. Son sang ne fait qu'un tour, ses pas le guident impulsivement vers le stand l'abritant, dont le nom n'est nulle part mentionné. À quoi Boniface réagit en exerçant une clé de poignet cette fois. Mais Edwin cette fois s'en extirpe, mû par une force qui l'impressionnerait lui-même s'il était lui-même en cet instant. Or Edwin est une bête, un amoureux fou livré à ses sens et à ses désirs, rien ne peut faire le poids, pas même un expert en arts martiaux autodidacte. L'élan primal le fait courir dans l'allée, sur la moquette beige étouffant les pas. Rien ni personne ne peut le rattraper. Il flotte, il vole vers la montagne, la neige tout là-haut. Il sent l'odeur de la glace, ses yeux se mouillent, se troublent, embués par l'air froid et les flocons se déposant sur ses sourcils. Edwin touche au but, enfin. Il écarte les bras, étreint le tableau de ses mains, promène ses yeux sur toute sa surface. D'un étrange accord tacite, si impossible en ces lieux, comme ébahie, l'assemblée, cerbères compris, sans s'offusquer observe. Il apparaît que tous ont compris que la dévotion, ici, vaut respect, révérence. Ou bien la surprise d'un événement aussi inattendu explique-t-elle le suspens absolu. Certains croient assister à un happening, une œuvre d'art éphémère. Le calme se répand, dit l'absence de danger. Même Boniface attend. Sous les regards interloqués, Edwin cherche les hommes et les éléphants. Il cherche Hannibal. Plusieurs fois il parcourt le tableau, le blanc uni de la neige. Il cherche sur la crête les soldats et leur chef. Plusieurs fois, il se frotte les yeux pour en écarter les larmes et le trouble, mais il ne trouve rien, rien que de l'encre noire sur le fond blanc, en lignes ou en tas. La crête n'existe pas, les hommes et leurs éléphants ne sont pas. De nouvelles larmes naissent dans les yeux d'Edwin, d'effarement cette fois. Lorsque enfin les Foxtrot arrivent, il est à genoux. Il se prend la tête dans les mains.

Il pourrait hurler, au lieu de quoi il demeure longuement hébété, désemparé. Puis, enfin, une lueur surgit, scintille en lui, que personne ne peut apercevoir. Ce tableau n'est pas le bon, tout simplement. Il n'est que preuve que les tableaux neigeux existent bel et bien. La quête n'est pas vaine. Cette nouvelle est une source d'apaisement inespérée pour Edwin, qui redresse la tête, toutes larmes séchées. La fébrilité s'est envolée. Le feu ne l'attirera plus désormais, il le sait.

La foule autour de l'agenouillé commence à s'agiter. L'hôte du stand menace d'exploser de fureur, arguant que les ventes se font dans la discrétion et pas grâce à des attractions de supermarché qu'il n'a d'ailleurs pas commandées. Il se met à insulter des confrères qu'il soupçonne d'avoir fomenté une telle opération. Des jaloux, des requins, des ordures. Lesquels confrères s'indignent, les uns en répliquant dans une veine identique, les autres en s'approchant avec l'air de se retrousser les manches. Non mais pour qui se prend-il celui-là? Les hommes de la sécurité deviennent nerveux, des chevaux dont les sabots frottent le sol. Les ruades sont proches, il faut vider les lieux au plus vite. Boniface est l'étalon menant la horde. Il explique aux Foxtrot qu'il n'est pas temps de s'attendrir, qu'on se dira plus tard combien cette scène fut touchante, n'est-ce pas, Denise? Pour l'heure, l'échalas échauffé relève Edwin, lui intime de le suivre sans esclandre, ils seront mieux ailleurs pour discuter de ce qu'il sait. La clé de bras ou de poignet n'est pas nécessaire, Edwin promet de se tenir correctement.

Boniface n'en croit pas un mot, malgré quoi il juge que la sécurité est assez sur les dents pour ne plus tolérer une nouvelle course effrénée au milieu du Salon.

Sur le parvis, tandis que le groupe s'introduit dans une berline aux vitres teintées, M. Benningson accourt, interpelle Mme Foxtrot, ont-ils retrouvé le tableau? Peut-il le voir? Que vont-ils en faire? D'un geste Denise écarte l'expert, soyez gentil, je n'ai pas le temps. M. Benningson est laissé sur le bord de la route, affreusement déçu de l'avènement de sa prophétie, déçu aux larmes. De sa dernière vision d'Edwin lui revient cette histoire d'Hannibal. Il n'a jamais fait cours sur les guerres puniques, mais il lui souvient à présent avoir souvent mentionné en classe une phrase apocryphe du chef carthaginois, prononcée, dit-on, au franchissement des Alpes: «Nous trouverons un chemin… ou nous en créerons un.» Il trouvait du charme à cette citation, qu'il murmure entre deux sanglots. Pendant ce temps Blandine, elle aussi sur le parvis, se contente d'observer de loin le départ. De loin, *elle* aperçoit la lueur dans les yeux d'Edwin. Parallèlement à l'ancien professeur, elle fond en larmes, mais chacun garde sa peine pour soi. À l'intérieur, Edgar, à son réveil enfariné non plus par l'alcool mais par la commotion, s'attriste de la disparition de son ami, tout en étant loin de le pleurer. Il ne s'en inquiète pas, comme soulagé plutôt que cet homme soit enfin sorti de sa vie.

39

Retour à Manchester. Boniface a insisté pour que le trajet s'effectue en avion afin de priver le bandit de toute échappatoire. Les Foxtrot ne doutent pas de la bonne conduite d'Edwin, malgré son forfait passé, mais ils ont accepté. Boniface a vraiment l'air sur les nerfs. Épuisé, il s'endort comme un enfant sur son siège de première. Les Foxtrot observent Edwin, qui se tient dignement, tout en cordialité réservée, un immense sourire aux lèvres. Les Foxtrot l'accompagnent dans cette félicité d'origine inconnue, commandent du champagne et trinquent en silence avec lui. Denise se permet simplement de mentionner qu'ils sont bien, là, n'est-ce pas ? La réponse est si évidente qu'elle se passe d'expression.

À l'atterrissage, le groupe s'engouffre dans un grand taxi. Boniface est revenu à la nervosité en même temps qu'à la conscience, il fixe dans tous ses mouvements celui qu'il considère comme un détenu en attente de jugement. Celui-ci, se sentant à l'inverse plus libre que jamais, découvre la ville d'un autre œil que lors de sa première visite. Le bleu dans le ciel les accueille, comme si le blanc avait été banni en leur absence. Il reviendra évidemment, il est ici chez lui, avec la brume, mais en attendant, la ville est belle, ou alors c'est le bleu seul qui magnifie, qu'on soit ici ou ailleurs. Personne ne suit d'instructions, puisque personne n'en a donné. D'ordinaire, Denise possède un caractère de ferme organisatrice. Elle s'est adoucie ces derniers temps, se porte aussi bien de se laisser porter. Foxtrot a quitté les vieux rêves de campagne militaire où il s'était enfermé, auxquels il revenait trop souvent et où il dirigeait une section au doigt et à l'œil. Et Boniface n'a jamais tenu les rênes que d'une calèche lors d'un tour de parc à l'âge de quatorze ans, il n'est pas formé pour ce genre de position. Il a déjà beaucoup donné, son esprit d'initiative trouve là ses limites. Boniface demeure majordome, envers et contre tout, il ne tient pas à lui de décider du sort du bandit. Il espère simplement un châtiment exemplaire, et se fera un devoir de l'administrer, quel qu'il soit. Edwin, sans se départir de son sourire, se demande ce qu'il va bien advenir de leur tranquille équipée.

Arrivé dans le penthouse, Boniface verse à chacun un verre d'eau, tiède pour Madame. Les hôtes se consultent du regard, Denise déclare qu'elle irait bien prendre un verre au pub. Embrigadant d'office Boniface, elle a dans l'idée de s'amuser gentiment de Sherry, de lui jeter le majordome dans les bras, ce qui ne pourra leur faire que du bien à tous les deux. Elle fait confiance à son mari pour mettre un joli point final à la traque. Boniface ne se doute de rien, n'est pas rasséréné par l'idée de Madame, qui suppose de laisser Monsieur seul avec le voyou, mais la nervosité ne prend pas le pas sur le respect de ses charges. Ses employeurs ont beau se comporter comme des gamins, ils n'ont plus l'âge d'être cornaqués.

Edwin a été repéré, cerné, capturé. La manœuvre a parfaitement fonctionné. Aucun heurt, aucun mort dans l'affaire, bien au contraire, une jolie façon de mener une guerre. Foxtrot est heureux de l'issue de cette épopée. Pour la conclure en beauté, il convoque solennellement Edwin, comme pour un tribunal militaire de principe, par avance clément, dans son bureau-bibliothèque où il ne vient presque jamais. La pièce à l'étage, tout au bout du couloir, rappelle le domicile de M. Benningson, les dos des livres y servant pareillement de papier peint. L'ensemble est toutefois plus soigné, plus luxueux que chez l'expert. Foxtrot prend tout son temps pour faire crépiter le feu dans l'âtre. Une fois lancé, sa lumière salue Edwin. Elle brûle de sortir, de s'épandre et chatouiller les pages de papier serrées dans les rayonnages, pour leur faire leur fête. Foxtrot commence par féliciter son hôte. Les beaux perdants sont rares de nos jours. Bravo soldat, vous gardez la tête haute dans la défaite. Il n'est pas loin de sortir l'épée de sa canne pour le saluer. Déjà assis, il réfléchit à la peine qu'il va infliger maintenant qu'il tient le coupable devant lui, peine dont il n'a aucun début d'idée. Avant quoi il demande à Edwin ce que c'est, à la fin, que ce tableau neigeux. Qu'a-t-il de si extraordinaire ?

Il pourrait le lui acheter, pourquoi pas, et Edwin lui en expliquerait la magie. Face au souriant silence, Foxtrot semble se perdre dans cette pensée agréable. Il ne lui vient même pas de demander à voir le F601, de nouveau aussi enfoui dans son esprit qu'il l'était avant son vol. De longues minutes durant, il réfléchit, les yeux ouverts sur les flammes d'abord, puis fermés. Puis il ne bouge plus. On dirait qu'il dort. Au bout d'une demi-heure, Edwin considère qu'il a assez attendu sa sentence. Il se lève et s'en va. Il resterait bien un peu à contempler le feu dans la cheminée, à lui montrer qu'il n'a plus peur ni envie de lui, mais il a des choses à faire, des pierres vertes à récupérer, un tableau neigeux à retrouver, et une femme triste à réconforter. Il claque la porte de l'appartement, sans oublier de reposer le petit rectangle peint sur son clou.

Composition : Entrelignes (64).
Achevé d'imprimer par CPI Firmin-Didot
à Mesnil-sur-l'Estrée, en février 2018
Dépôt légal : février 2018
Numéro d'imprimeur : 145663

ISBN 978-2-7152-4675-1/Imprimé en France

323653